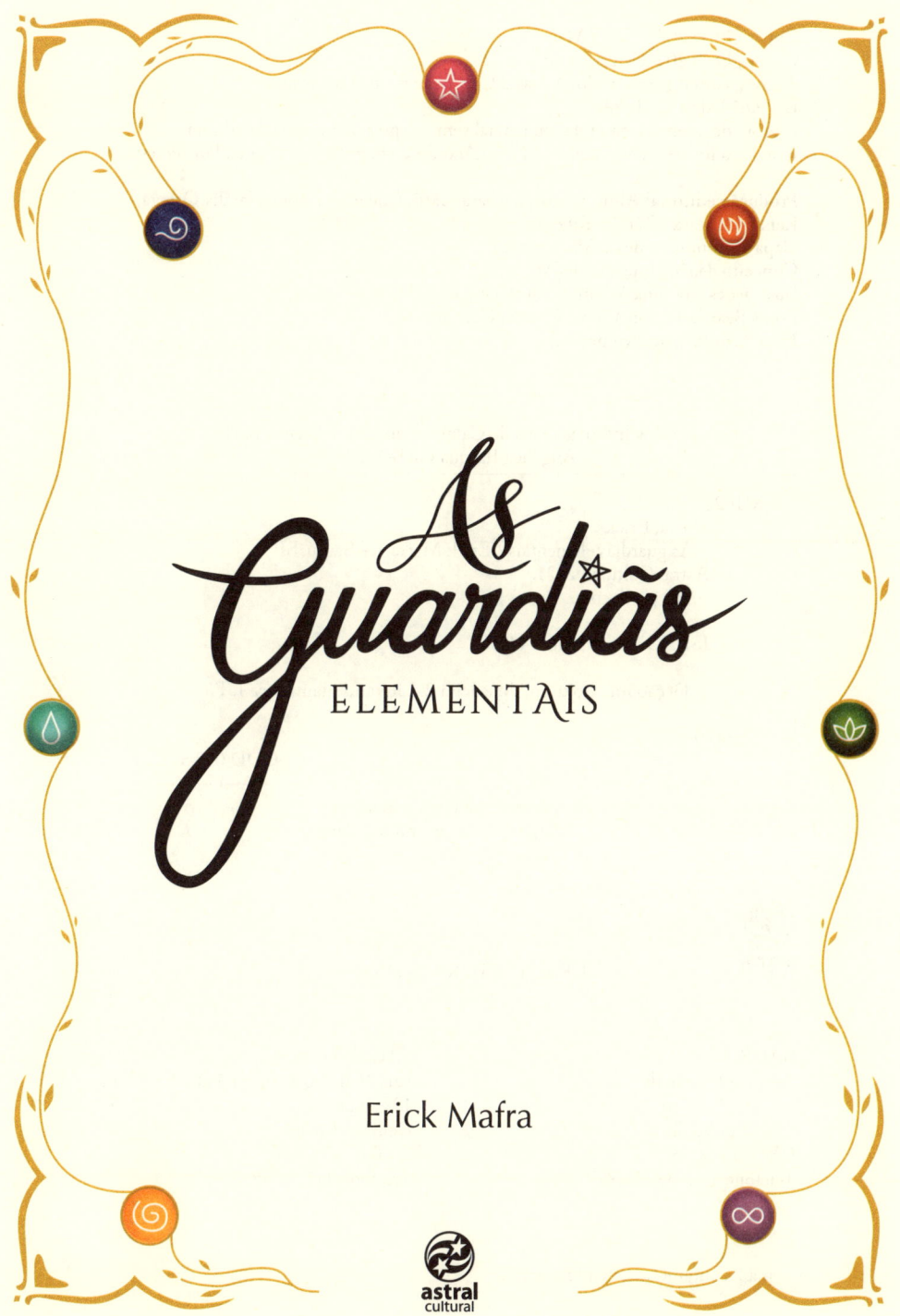

As Guardiãs
ELEMENTAIS

Erick Mafra

Copyright © 2021, Erick Mafra
Copyright © 2021, Mariana Milani
Todos os direitos reservados à Astral Cultural e protegidos pela
Lei 9.610, de 19.2.1998.
É proibida a reprodução total ou parcial sem a expressa anuência da editora.
Este livro foi revisado segundo o Novo Acordo Ortográfico da Língua Portuguesa.

Produção editorial Aline Santos, Bárbara Gatti, Jaqueline Lopes, Natália Ortega, Renan Oliveira e Tâmizi Ribeiro
Capa Antônio Sandes e Aline Santos
Conceito das ilustrações Alef Vernon
Ilustrações Mariana Milani e Shutterstock
Fotos Beatriz Person Vital e Gabriel Galvani
Foto do autor Arquivo pessoal

Dados Internacionais de Catalogação na Publicação (CIP)
Angélica Ilacqua CRB-8/7057

M162g
   Mafra, Erick
     As guardiãs elementais / Erick Mafra. — Bauru, SP : Astral Cultural, 2021.
     160 p. : il. color.

     ISBN 978-65-5566-144-6

     1. Ficção infantojuvenil brasileira 2. Literatura fantástica I. Título

21-3470
                                          CDD 028.5

Índice para catálogo sistemático:
1. Ficção infantojuvenil brasileira

ASTRAL CULTURAL EDITORA LTDA.

BAURU
Avenida Duque de Caxias,
11-70 - 8º andar
Vila Altinópolis
CEP 17012-151
Telefone: (14) 3879-3877

SÃO PAULO
Rua Major Quedinho, 111 - Cj. 1910,
19º andar
Centro Histórico
CEP 01050-904
Telefone: (11) 3048-2900

E-mail: contato@astralcultural.com.br

Cuidado...

Este livro contém altas
doses de magia.

Prefácio

por Nátaly Neri

A arte de contar histórias e com elas surpreender e envolver é uma habilidade que poucos de nós exercitamos. Fugir da ânsia de compartilhar tudo a todo momento, de preferência em tempo real e em poucos caracteres é um dilema que nossa geração lida. Sem fazer juízo de valor sobre estar certo ou errado, foi inspirador ver Erick Mafra nadando contra a corrente em processos de interiorização e aprofundamento para dar vida ao seu terceiro livro.

Tendo tido a alegria de acompanhar este processo, pude observar e entender cada vez mais sobre o que é fazer algo motivado pela pura, crua e verdadeira paixão. Erick tem paixão pela escrita, paixão por criar histórias e também por ressignificar as suas próprias.

Em horas e horas de conversas ao telefone, pude conhecer mais desse jovem escritor, produtor de conteúdo digital e, em resumo: artista! Artista com uma mente criativa que se move na velocidade da luz. Que ao mesmo tempo em que criava suas dezenas de histórias, tinha a generosidade de inspirar ideias em todos à sua volta.

Generosidade essa bastante rara de se ver, ainda mais se compreendermos que, enquanto construía a vida das Guardiãs Elementais, que vão inspirar um mundo de gente de formas ainda inimagináveis, Erick também lidava com os próprios dilemas e desafios do amadurecimento.

É necessária boa dose de sonho, paixão e coragem para oferecer amor e inspiração para um mundo que tão cedo nos limitou, desacreditou e nos tirou a vontade de voar. Mesmo com as asas cortadas, Erick correu pelos vales e pulou no abismo de si, sendo guiado pela fé no mundo e alçando voo com as grandiosas asas de sua imaginação. Vê-lo voar nos inspira a voar também.

E tudo isso nos leva a um questionamento muito profundo: se tudo fosse tirado de você, o que você ofereceria ao mundo? Como materializaria seus sonhos, seus medos, suas esperanças e seus desejos de mudança? Como aprenderia a se conectar com o próximo e continuar a viver? Do que estamos cheios quando só resta nós mesmos no fundo do pote?

As Guardiãs Elementais vão nos ensinar muitas coisas, sendo completude e equilíbrio as maiores delas, ainda mais nesse momento em que o mundo está tão doente, enquanto a solidão nos assola e vivemos quase dois anos de isolamento e pessimismo, ficando cada vez mais difícil reaprender a viver.

A mais pura verdade é essa: nós precisamos um dos outros. Nós aprendemos pela observação, somos guiados pela experiência e motivados pela vida pungente ao nosso redor. Somos muito sozinhos, mas juntos... somos infinitos!

E, talvez, aquela parte de você que sente falta ou que você não sabe como chamar de volta esteja em lugares mais simples do que no trabalho, na religião ou nos amores. Talvez esteja nas pessoas ao seu redor, nas amizades que despertam o seu melhor ou lhe fazem notar o pior que precisa ser mudado. Talvez aquele choque de energia depois de uma conversa, ou a mente pulando em várias direções e o coração atento aos caminhos após uma simples conversa de telefone seja o encontro com o seu elemento que faltava.

Que possamos encontrar nossas Guardiãs em tudo o que nos cerca, que possamos estar motivados e estimulados a despertar aquilo que já temos em nós, no contato vivo com os outros, como uma grande rede de energia que traz para a luz tudo aquilo que somos ao máximo. Desejo que encontrem pessoas que despertem o seu melhor, assim como encontrei isso com o Erick.

Que **As Guardiãs Elementais** possam entreter, acalentar, identificar e inspirar você. Não só na busca pela totalidade do "eu", mas pela totalidade com o mundo. Nunca antes na história nosso mundo esteve tão próximo ao limite: a vida animal se perde em incêndios causados pela miséria dos interesses humanos; as crises climáticas se agravam pelo descaso com a terra em que vivemos, sempre motivados por interesses econômicos. E a vida, orgânica e pura como é, volta sua força Elemental contra aqueles que a subjugam.

Podemos fazer mais. Na verdade, a responsabilidade é totalmente nossa e, pensando nisso, Erick Mafra doará parte do valor arrecadado na venda deste livro para o *Luz Alliance*, fundo criado por Gisele Bündchen, em parceria com a ONG *Brazil Foundation* para apoiar causas emergenciais durante a pandemia e investir na regeneração do meio ambiente no território brasileiro.

A gente sempre se pergunta quanto há do artista em sua obra, e ouso dizer que, para esta, Erick deu tudo de si. Madrugadas, semanas e tardes ocupadas gerando este terceiro filho que já nasce mais maduro que seus primeiros, fruto de todo aprendizado, sabedoria e crescimento que seu primogênito ofereceu. Conseguiremos encontrar a escrita envolvente e afetuosa que Erick tem, mas com camadas e camadas de profundidade vindas de seu próprio processo de encontro, cura e crescimento nesses últimos anos.

As aventuras que já te ensinaram sobre amor infinito, sobre sonhos e mundos encantados têm agora um novo capítulo que, ao mesmo tempo em que se parece, é absolutamente diferente. Boa viagem e boa leitura! Que **As Guardiãs Elementais** guiem você por todos os mundos.

Nátaly Neri, cientista social, criadora de conteúdo, influenciadora e irmã de alma do Erick

Sumário

Casulo, 12
Água, 18
Ar, 30
Magia, 52
Fogo, 68
Tempo, 82
Som, 94
Terra, 110
Metamorfose, 128

Três meses antes do início da pandemia, após o diagnóstico da minha psicóloga, descobri que estava com depressão aguda e com crises de ansiedade. Minha vida estava tão agitada por compromissos da carreira literária e da internet, além de toda mensagem de inspiração que eu tentava transmitir, que mal conseguia entender o que realmente estava acontecendo comigo.

Nessa fase, não cuidava da minha saúde mental e tudo passava muito rápido diante de mim. Estava cada vez mais triste e, aos poucos, já não via mais aquele Erick de antes. Não sabia mais quem eu era e, ao mesmo tempo, me sentia cobrado por tudo e todos à minha volta para ser aquilo que eles esperavam. Comecei a me esquecer de quem eu era enquanto tentava doar tudo de mim com o objetivo de agradar a todos, cobrando-me para ser aquele Erick de sempre e não decepcionar os meus leitores, as pessoas que me seguem, amigos, familiares, antigos empresários, agentes, falsos mestres espirituais e relacionamentos tóxicos que se alimentavam de todo esse caos que acontecia ao meu redor.

Era tanto barulho que não conseguia mais ouvir a mim mesmo. Decidi, então, conscientemente me afastar de todos e sumir das redes para me aproximar de mim mesmo novamente. Quando fiz isso, perdi contratos, contatos e amigos, mas eu precisava muito daquele silêncio. Encontrei um apartamento antigo e afastado num bairro calmo em São Paulo, com muitas árvores e natureza em seu entorno. Dois detalhes me fizeram ficar: a vista, que praticamente me colocava no céu do alto do último andar do prédio, e o chão antigo de madeira brilhante, que me passava um sentimento que há muito tinha perdido: aconchego.

Quando a pandemia chegou, tudo ficou ainda mais pesado. Pensei que não fosse conseguir... Em vários momentos, o medo e o desespero tomaram conta de mim — quer dizer, não apenas de mim, claro, o mundo todo estava mergulhado nesses sentimentos. E, em uma noite em que minhas lágrimas se misturavam com a água do chuveiro, comecei a relembrar delas...

Ao tentar buscar luz dentro de mim para fugir daquela escuridão que me engolia e que parecia levar o mundo todo com ela, essas sete amigas retornaram à minha memória.

As Guardiãs Elementais eram sete amigas imaginárias que criei ainda criança, durante um intervalo da escola — antes mesmo de saber escrever, amava desenhar, e as guardiãs me ajudaram a passar por toda a fase escolar, sem amigos, criticado por ser considerado "sensível" ou "feminino" e todas aquelas palavras que tanto são capazes de machucar uma criança e afetam muito sua maneira de se ver, pensar e se expressar. Para me proteger de tudo aquilo, eu me refugiava nos livros, o que me fazia ficar cada vez mais isolado e solitário, ao mesmo tempo que aumentavam os comentários maldosos, que agora iam além do meu jeito e sensibilidade para "o garoto estranho e esquisito que vive no mundo dos livros".

Era difícil cruzar por aquele pátio gigante na hora do intervalo e perceber todos aqueles olhares me encarando. Eu me sentia a pior pessoa por estar lanchando sozinho, o que fazia com que me escondesse na sala durante o intervalo para escrever. Era ali que eu encontrava refúgio, desenhando, escrevendo, lendo, pintando e criando novos universos.

E foi em um desses tristes intervalos que desenhei "As Guardiãs Elementais" pela primeira vez. Desenhei sete garotas místicas, cada uma com um elemento mágico. Em cada uma daquelas sete personagens, coloquei toda admiração que sentia pela minha mãe, minhas tias e avós. Continuei a escrever vários capítulos dessa lenda até começar a fazer o primário, que foi quando finalmente fiz amizade com as meninas da minha sala — novamente fiz amizade com mulheres —, que me defendiam do bullying e amavam meu jeito sensível e artístico. Elas me aceitavam!

É por isso que sempre admirei muito as mulheres. Cresci muito ligado à minha mãe, que trabalhava com moda e amava se expressar de forma livre e autêntica; e às minhas mais de dez tias, que vieram de Minas Gerais. Cada uma delas era como uma Guardiã, com seu jeito único, especial e mágico, elas me contavam sobre histórias de fadas e bruxas, cuidavam de mim, não me julgavam e me ensinaram a abraçar minha sensibilidade e espiritualidade, principalmente através de minhas avós e bisavós, curandeiras e benzedeiras, que me ensinaram a ter fé, a orar e, principalmente, a confiar no invisível que move o universo e cuida de nós. Assim, cresci com o privilégio de ser rodeado por mulheres incríveis que valorizavam minha arte e que me ensinaram a acolher meu lado feminino e toda minha sensibilidade.

Foi novamente em uma fase difícil que me reconectei às guardiãs e reescrevi essa história, como forma de tentar enfrentar minha depressão, ansiedade, alguns traumas e feridas ainda abertas, além de resgatar as cores que haviam se perdido não só mais dentro de mim, mas também no mundo todo durante a pandemia.

E por meio de uma memória feliz, de um Erick distante, leve, sonhador, vulnerável e forte, comecei esse processo de escrita que, ao mesmo tempo, se tornou minha cura, afinal a arte tem o poder de curar. Logo, parei de lutar com aqueles sentimentos pesados e passei a acolher e a compreender cada sombra que habitava dentro de mim, cada cicatriz que só eu poderia sentir, pois era na alma. Esse processo levou dois anos e me ajudou a transformar um dos momentos mais difíceis da minha vida em arte, reencontrar minha alegria, minha vontade de viver e, o principal, a minha conexão com a **magia**.

Que a fantasia, a natureza e todos os símbolos aqui contidos ajudem você a curar seu mundo interno, Guardiã, pois toda transformação começa primeiro na parte de dentro, assim como a semente, que é plantada, cria raiz, tronco, caule e galhos antes de virar flor. Assim como a lagarta passa pelo casulo antes de se transformar em borboleta ou a natureza com seus ciclos e estações, este é um livro sobre transformação, sobre equilíbrio, sobre a lua e o sol.

Este livro também é uma homenagem a todas as mulheres e ao poder feminino, para quem ofereço minha gratidão, admiração e fascínio. Onde quer que você esteja, independentemente de suas crenças e da sua idade, espero que esta lenda chegue até você e lhe inspire de alguma forma.

Um agradecimento especial à minha mãe Andréia, à minha avó Efigênia e à minha falecida avó Esmeralda, à minha bisavó Ana, às minhas muitas tias por parte de mãe e de pai e à minha editora-chefe, Nati, que sempre acreditou em mim. À Clau, minha produtora e, especialmente, às minhas amigas, que aceitaram dar vida às minhas personagens mágicas: Nah Cardoso, Ananda Morais, Jess Anjos, Bruna Carvalho, Gabi Stacenco, Ray Neon, Lari Cunegundes e Dora Figueiredo. Obrigado também a Aline, minha fiel diagramadora que fez essas páginas com tanto amor e carinho, e a toda equipe que está por trás desse projeto que, em sua maior parte, foi feito por mulheres, e a todas as garotas que sentaram comigo durante o intervalo, me acolheram na internet, compraram meus livros e me inspiraram a *acreditar*.

Leia, escute sua guardiã interna, acesse sua força elemental e abra o portal que traz a primavera que existe dentro de você.

Você é uma **Guardiã Elemental**.

Tenha um bom despertar.

Com amor, Erick Mafra

Meu avô morreu quando eu tinha sete anos e, mesmo dez anos depois, é como se ele ainda estivesse por aqui. Minha mente nunca lidou bem com términos. Talvez, crescer ouvindo contos de fadas, lendo romances e achando que a minha vida poderia ser uma série não tenha feito bem para o meu cérebro. Ou podem ser as histórias e as lendas que ouvi do meu avô durante toda a minha infância, quando visitava a sua casa no interior.

Viu? Eu disse... Ele sempre está presente, mesmo que seja nos meus pensamentos e nas minhas melhores lembranças.

Agora, estávamos indo mais uma vez para a casa dos meus avós, mas eu sentia que essa não era uma simples viagem para a casa deles no interior. Meu avô disse que quando eu completasse dezessete anos, poderia ler um dos seus antigos diários de navegação — como o bom navegante que era, ele tinha o costume de registrar suas aventuras em alto-mar. Essa seria a primeira vez lendo o diário do qual minha avó sempre falou e guardou com tanto cuidado. Segundo ela, era a navegação mais incrível do meu avô, um texto que se chamava...

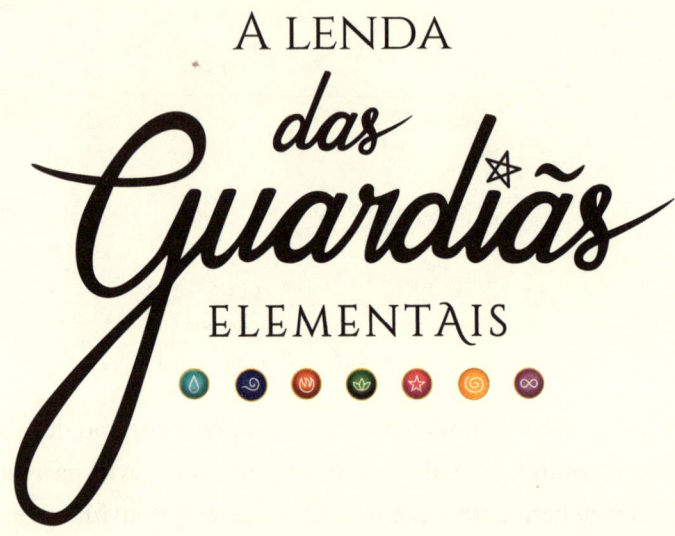

A LENDA das Guardiãs ELEMENTAIS

A casa dos meus avós fica em uma pequena cidade chamada Allfair, um vilarejo charmoso contornado por montanhas e a menos de cinquenta quilômetros das praias do norte de São Paulo.

Meu avô veio de uma família de marinheiros do Sul da Europa e acabou chegando sozinho ao Brasil, graças ao seu amor pela aventura. Ele nunca parou em lugar algum, até chegar aqui, em Allfair, nesse pequeno vilarejo. Foi amor à primeira vista por esse lugar, que ele dizia ser perfeito, afinal tratava-se de uma cidadezinha construída em um vale rodeado por montanhas, florestas, cachoeiras e campos de flores e trigo, mas que ainda estava a menos de trinta minutos do mar. Vovô sempre amou estar próximo da natureza e acabava sempre dando um jeitinho de fugir para nossa casa de praia, que hoje em dia é a principal fonte de renda da nossa família, pois sempre a alugamos para turistas durante as férias, desde que ele faleceu.

Além de ter sido um dos primeiros a chegar na cidade, meu avô ficou muito famoso na região por seus diários de navegação com histórias que se tornaram verdadeiras lendas locais. Muitas delas foram editadas e se transformaram em pano de fundo para livros de fantasia incríveis — alguns, inclusive, se tornaram best-sellers no país. Mas, algumas histórias, as mais importantes, segundo minha avó, não chegaram a ser impressas, e pouquíssimas pessoas tiveram o privilégio de lê-las. E é isso o que mais amo quando vou visitar a casa dos meus avós: sempre posso ler algum conto inédito que o vovô nunca pôde publicar.

Minha família tinha a tradição de ler um novo conto da biblioteca secreta dele sempre que vínhamos passar as férias aqui. Nos últimos anos, isso foi se perdendo, mas sempre fiz questão de manter essa tradição, mesmo que, às vezes, só a vovó e eu.

Uma das histórias que mais desperta a minha curiosidade é a de como vovô veio parar em uma cidade do interior do Brasil. É justamente aí que mora o mistério da nossa família... Vovô Eron e minha avó Ariel se conheceram quando ainda eram bem jovens, após vovó salvá-lo de um quase afogamento. Alguns contam que, na primeira vez que vovô olhou nos olhos da vovó, ele pôde ver todo o oceano e, claro, rolou toda aquela história melosa típica de romances, que no fim nos fazem acreditar que o amor ainda pode existir. E fim. Isso é tudo o que se comenta sobre a chegada do meu avô, sem muitos detalhes. Sempre que eu tentava avançar na história nos almoços em casa, vovó mudava de assunto. E, depois que o vovô se foi, parece que tudo ficou ainda mais obscuro.

O que sei é que, em nossa família, sempre existiram segredos. Na verdade, acho que todas as famílias guardam alguns a sete chaves. Mas é ingênuo da parte dos nossos pais pensar que, por sermos mais jovens, não podemos perceber ou sentir quando algo estranho paira no ar. E esse é o meu maior problema. Eu sinto. E sinto muito.

Depois de sete horas na estrada, você já cansou de ver todos os stories e TikToks possíveis, zerou suas músicas baixadas, já stalkeou todo mundo no Twitter e tentou cochilar várias vezes — sem sucesso.

Como qualquer outra mãe, a minha dizia:

— Fernanda, tenha paciência, filha... Já estamos chegando.

Esqueci de comentar que eu já tinha pedido para fazer xixi algumas vezes. Hahaha. Esse é meu jeito de ser... Inquieta.

Você sabe que está chegando em Allfair quando sente uma brisa com um frescor particular tocar seu rosto, como se fizesse carinho em sua pele. Essa brisa lhe abraça e envolve quando entra pela janela do carro e bate em seu cabelo, fazendo-o voar.

Já bem perto da cidade, meu pai sempre coloca para tocar *Here Comes the Sun*, uma das suas músicas favoritas dos Beatles, e simplesmente acontece a melhor parte da viagem: apreciar os campos verdes inundados pelas plantações de trigo.

Esse clima tão natural me lembra que, em todas as férias que venho, uma vez por ano, acontece o *Festival da Primavera de Allfair*. É um Dia das Bruxas e das Fadas, tudo junto e misturado. A cidade fica toda enfeitada e rolam shows na praça principal, com direito a barraquinhas espalhadas. Tudo parece mágico...

O equinócio da primavera marca o início dessa estação do ano e é muito importante para seus habitantes, pois a energia do dia e da noite finalmente se equilibram, já que eles têm a mesma duração.

E, falando em dia e noite, é incrível como em Allfair o céu está sempre aberto. Aqui é difícil o tempo fechar por muito tempo — quando chove, logo depois vem um arco-íris. Até existem algumas épocas mais chuvosas, mas o clima é sempre gostoso: nem quente demais, nem frio exagerado.

Hoje, o céu está limpo e posso sentir o cheiro de trigo que só essa cidade tem, trazido pelo vento que bate nas grandes plantações à beira da estrada. Inclusive, por ser um local com grande produção de trigo, orgânico e artesanal, Allfair costuma ter um aroma delicioso de bolo, já que seus exatos 3.777 habitantes costumam fazer muitas receitas assadas que impregnam deliciosamente o ar da cidade.

Enquanto o carro se aproxima do centro, nos deparamos com uma grande biblioteca adornada em sua parede principal por uma âncora com o brasão da família Acqua. Aliás, meu avô se chamava Eron Acqua, e essa âncora foi produzida em homenagem ao sucesso de muitos de seus livros por todo o país.

Chegamos à casa de meus avós. Ela é toda feita de madeira e tem um belo jardim ao redor, como aquelas construções antigas e fofas de filme. Esse lugar me traz paz e me faz sentir leveza, diferentemente da cidade grande, com seus prédios de concreto e barulho de buzina de carros ansiosos.

Vovô sempre fez questão de ter uma casa grande para que pudesse receber a família e os velhos amigos. Desde pequena, escolhi como refúgio um lugar um tanto quanto incomum nessa antiga construção: o sótão. A entrada de luz natural pelas janelas alinhadas, o aconchego do piso de madeira já um pouco desgastado, o silêncio e o fato de que ninguém vai me perturbar ali. E, de presente, tem uma vista para todo o jardim da casa, o lugar favorito da vovó Ariel.

Já faz anos que passo as férias aqui. Nunca aconteceu de não vir, até porque as meninas me matariam.

AAAH! SIM! Esqueci de falar, mas meu grupo de melhores amigas são aqui de Allfair.

Na verdade, nós nos encontramos aqui todos os anos desde que me conheço por gente. Por aqui, costumamos nos reunir na biblioteca, no fim do dia, depois que todos já foram dormir. Levo algum conto ou diário antigo do vovô para lermos durante a madrugada — sim, na biblioteca de madrugada, mas isso só a gente sabe, é nosso segredinho. Shhhh...

Voltando às meninas, minhas amigas... Não nos vemos muito durante todo o resto do ano, só em aniversários, algum show imperdível ou, às vezes, as que moram mais perto acabam se encontrando quando há uma "emergência emocional" — como a Verônica e eu, que vivemos em São Paulo. Mas temos um grupo no WhatsApp que nos mantém conectadas, sem falar que sempre rola uma chamada de vídeo às sextas-feiras para nos atualizarmos uma da vida da outra e saber das fofocas.

Minhas amigas são incríveis. Já disse isso? Não? É sério. Elas são! Estelar é a mais querida e simpática do grupo. Ela é fã da cor rosa, adora estudar moda e todos a amam. Ela está sempre sorrindo e é muito amigável com todo mundo. Adoro o jeito dela, mas Tereza não curte muito e, às vezes, revira os olhos. Não que Tereza seja chata, ela só é de poucos amigos, um tanto desconfiada e, sem dúvida, é a mais realista de todas nós. Sabe aquele tipo de pessoa que tende a ser mais razão do que emoção? Então, ela é assim. Demorou um tempo para que a menina mais estudiosa e fechada do grupo zoasse com a gente, mas aconteceu, hahaha. No fundo, o coração dela é tão doce quanto o de Estelar. No entanto, ela adora a Fenny, que é a rainha da zoeira e preenche todo ambiente em que ela pisa com seu sorriso envolvente. Sem falar que quando ela começa a dançar, todo mundo quer assistir. Ela é incrível, rainha do TikTok e faz qualquer uma de nós parecer que temos pernas de pau.

Mesmo sendo tão diferentes, elas se complementam, assim como Verônica e Marisol. Verônica é a influencer da turma, tem milhares de seguidores no Insta, é a mais agitada de nós e, sem dúvida alguma, a mais antenada. Ela está sempre à frente em tudo: na moda, nas músicas, em tecnologia, nos gostos…Tudo!!! E, claro, tem a Marisol, que tem a voz mais doce que já ouvi e, mesmo com toda a sua timidez, não deixa de compartilhá-la conosco quando canta. Ela é a mais *good vibes* do grupo, mas, claro, assim como todas, tem seus dias bons e ruins.

Quanto a mim, amo documentar tudo, escrever, registrar e sentir, sem medos, me envolvendo em cada detalhe, pois, assim como vovô, algum dia desejo que minhas palavras se tornem um livro… Ele é uma inspiração para mim, não por ter se tornado um autor renomado, mas por conseguir manter viva a fantasia por meio de sua escrita. Sou apaixonada por essa forma de arte, que além de nutrir o coração e o intelecto, nos transporta para realidades paralelas.

Bom, se vou conseguir tudo isso, não sei… Mas, pelo menos, deixarei meus manuscritos junto com os livros famosos do vovô na prateleira da biblioteca da cidade, hahaha. Estelar sempre fala que tudo o que pensamos e acreditamos com muita fé de coração acontece, vai que né…

Agora, voltando a Allfair e aos nossos encontros… Depois da última vez que nos vimos, tudo mudou. Após aquele encontro, nenhuma de nós foi a mesma.

Meu nome é Fernanda Acqua. Amo ler, pintar e estudar sobre autoconhecimento. Sou muito intuitiva e, de certa forma, posso perceber os sentimentos e a energia das pessoas, coisas e lugares. Demorei para entender que eu era assim e me aceitar, sempre observei, pensei e refleti um pouco além do que as outras pessoas ao meu redor.

Sou calma, até que me magoem ou mintam para mim — quando isso acontece, me transformo em um tsunami ou maremoto, porque, como meu avô costumava falar, de duas, uma: ou fico irritada como um tsunami e quero engolir tudo, ou fico triste como uma tempestade em alto-mar.

Sim, a água e o oceano sempre estiveram presentes em minha história e na da minha família, e tudo isso começou a ficar cada vez mais intenso agora…

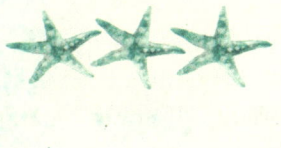

ÁGUA

ELEMENTAL: Acquarya

IDADE: 17 anos

CORES PREFERIDAS: azul-claro e amarelo

SENTIMENTO: profundidade

CHACRA: umbilical

SIGNO: Peixes

CRISTAL: pedra água-marinha e amazonita

MÚSICA: *Hollow Coves*, Coastline

SÉRIE OU FILME: *H20 - Meninas Sereias e Ponyo*

COMIDA PREFERIDA: sushi

SONHO: ser uma escritora de sucesso.

DOM: ser empata. É capaz de observar e absorver todos os sentimentos de um local ou pessoa e curá-los.

ATRIBUTOS: seu governo é sobre o Reino dos Sentimentos e Emoções. Rios e mares obedecem à sua presença. Criaturas aquáticas desse mundo e de outros reinos são seus parceiros e auxiliam em sua missão.

SOMBRA/DESAFIO: quando desvitalizada, perde a noção dos limites entre seus sentimentos e o sentimento dos outros, gerando um grande desequilíbrio interno e afogando-se em si mesma.

PODERES: controlar a água e as emoções

ÓLEOS ESSENCIAIS (FERNANDA): litsea cubeba

ÓLEOS ESSENCIAIS (ACQUARYA): olíbano

Todas as meninas haviam chegado em Allfair naquela semana e tínhamos combinado de nos encontrar na casa da Verônica. Era muito doido pensar que já nos conhecíamos há tanto tempo e, mesmo com a distância, nunca havíamos nos separado, até que a Estelar chegou com a notícia:

— A Marisol não vem. Não sei o que houve, mas ela não vai vir para Allfair este ano.

Era raro, mas já havia acontecido de uma ou outra não conseguir vir para a cidade durante as férias. Só que o peso deste ano era ainda maior para nós. Era a última vez que estaríamos juntas antes do colegial acabar, e nossos encontros, provavelmente, ficariam cada vez mais difíceis. Afinal, quem poderia prever para onde cada uma iria no ano seguinte? Além disso, eu já estava com dezessete anos e doida para ler o diário do vovô. O que sabíamos era que Marisol não estava bem por conta de problemas pessoais.

No fundo, eu podia sentir que ela estava escondendo algo... Marisol era capaz de se abrir completamente quando cantava, mas, em geral, era bastante tímida e fechada. A verdade é que nem sempre as pessoas estão prontas para falar sobre o que se passa dentro delas, e tudo bem. Cabe a nós, como amigos, só demonstrarmos que estamos ali, sabendo respeitar e dar apoio quando necessário.

De qualquer forma, fizemos uma chamada de vídeo e ela parecia estar melhor — pelo menos, foi o que nos falou. Ela também pediu para ligarmos outras vezes, assim, poderia se sentir mais perto de nós. Minha intuição me dizia que havia algo errado, só não sabia explicar o quê.

Todas nós temos nossos "crushes" de verão. É assim que chamávamos os garotos que encontrávamos sempre que vínhamos para cá. Eu me sentia vivendo naqueles seriados americanos, em que todos frequentam festas todos os dias e ninguém trabalha de verdade. Aliás, acho que a maioria dos seriados são assim...

Confesso que, por ser neta do vovô Eron Acqua, tão conhecido em toda a cidade, sempre me senti um pouco "reprimida". Todos sabiam quem eu era e boa parte das pessoas tinha me visto crescer — em cidade pequena é bem difícil alguém não se conhecer. Mas, sendo sincera, não sei até que ponto isso é bom, pois sempre tive medo de fazer algo errado e alguém acabar descobrindo.

No entanto, o medo nunca me impediu de fazer algo. Encarei as ondas e as tempestades que a vida me trouxe, mas sempre junto de minhas amigas; é

claro que também não somos doidas, muito pelo contrário, sempre fomos bastante tranquilas e sossegadas — menos a Fenny, hahaha, brincadeira amiga, te amo! Como disse antes, nosso hobby favorito (começou sendo o meu, mas virou de todas) era invadir a biblioteca da cidade à noite. É um rolê diferente do que a maioria faz, mas é legal, juro!

E como a gente invadia a Biblioteca Municipal de madrugada? Meu avô tinha uma chave.

Não me lembro bem do motivo, mas, em um dia de tédio, tive essa ideia maluca de nos refugiarmos na biblioteca. Então, correr para lá durante as madrugadas se tornou nosso ritual sagrado de amizade. Lá, brincávamos, chorávamos, desabafávamos, assistíamos a séries e filmes, ficávamos viajando em nossos pensamentos, refletindo e falando sobre tudo: nossos sonhos, nossos medos e sobre o mundo. Aqueles momentos que passávamos juntas eram tão incríveis que poderiam durar para sempre... Quantas histórias nós vivemos ali... Era difícil aceitar que nosso grupo podia estar prestes a se separar por causa de todas as mudanças que estavam por vir. Por isso, combinamos, no ano passado, que as férias deste ano seriam as mais especiais que já vivemos.

Aquela sexta-feira estava quente, com o céu tão escuro que as estrelas mais pareciam furos e ele, apenas uma cortina. Combinamos de nos encontrar na biblioteca às 23h e, claro, eu já estava atrasada. Vivo em uma dimensão de tempo, criada por mim mesma, que poderia ser definida como "mundo da lua". Sabe, um pensamento vem, me leva e acabo me perdendo na minha própria cabeça. Quando vejo, voltei... Tipo agora. Corre, Fernanda, sai do Instagram!

Minha avó costumava dormir cedo ou ficar na sala assistindo a séries. Naquele dia, ela ainda estava acordada. Avisei que encontraria as meninas e saí correndo.

A biblioteca fica no centro da cidade, que costuma estar vazio durante a noite. Em Allfair, as casinhas não ficam tão próximas ao centro, então é muito tranquilo invadir a biblioteca nesse horário; não que isso seja certo — aliás, não façam isso! —, mas, para mim, era fácil abrir, já que possuía a chave do meu avô, que tinha uma seção exclusiva com alguns dos seus diários de navegação, além de ter um escritório pessoal dentro do prédio, que ganhou em sua homenagem. O escritório era um patrimônio de Allfair, algo que me dava muito orgulho… Eu disse, estou aqui admirando a entrada da biblioteca com a cabeça na lua e perdendo a hora mais uma vez. Corre, Fernanda!

Às 23h17 encontrei as meninas na parte de trás da biblioteca. Ufa. Tereza havia chegado quinze minutos antes, estava adiantada, como sempre, talvez por isso estivesse com a cara fechada. Verônica chegou na hora exata, ela sempre era pontual. Já Fenny era igual a mim, ou seja, sempre atrasada.

— Cadê a Fenny? — Sorri, tentando disfarçar. Todas me encararam como se eu já soubesse a resposta para aquela pergunta.

Antes que Tereza desse seu costumeiro sermão sobre atrasos, abri a porta rapidamente para entrarmos e passarmos por aquele portal mágico que nos levaria à experiência incrível de ter uma biblioteca só para nós por uma noite. O lugar era gigante, mas pouco frequentado, com muitos corredores e o escritório do meu avô, que está trancado desde que ele faleceu. Algumas partes nem mesmo eu havia explorado.

Estelar, assim como eu, sabia que aquele poderia ser o nosso último encontro. Por fora, ela tentava demonstrar uma certa segurança para todas nós, mas, por dentro, podia sentir que ela não estava bem com tudo isso. Marisol não estava conosco, e a aproximação do nosso grupo estava por um fio. Por isso, esse momento entre amigas teria que ser muito especial.

Naquela noite, havíamos nos programado para assistir a um filme e, como sempre, Verônica trouxe seu projetor para conectarmos no computador e transmitir a imagem na parede da biblioteca. Sim, eu sei, supermoderno. A Vê é nossa influencer favorita e, com certeza, esse projetor é um recebido — preciso confessar que eu adoraria ganhar algo "só" para postar nos stories… Mas, voltando à realidade, já havíamos nos reunido aqui na biblioteca diversas vezes: era como ter uma sessão de cinema exclusiva só para nós. Para essa noite especial, havia indicado o filme *Jovens Bruxas*. Não costumávamos ver filmes com toques de terror, mas aquele parecia ser interessante.

Levamos doces, cobertores e travesseiros. Forramos o tapete da biblioteca, nos deitamos e, de repente, era como se voltássemos no tempo e tivéssemos quatorze anos novamente. Como sentia falta daquele momento, das minhas amigas, da nossa relação e da nossa conexão.

De repente, senti falta da presença da Marisol... Ela era a mais pura representação da luz e do caos: em questão de segundos, ela podia preencher todo o ambiente com seu sorriso e som, e também ser capaz de desaparecer, se isolar e sumir, mesmo estando por perto, ao se perder em seus próprios sentimentos, pensamentos, inseguranças e medos. Assim como eu me perdi agora... Em poucos instantes, meus pensamentos se voltam para onde estou e passei a observar nossos pezinhos, enquanto o filme passava ao fundo, em uma das paredes da biblioteca. Então, notei que faltava um par de pés!

Foi só então que percebi que Verônica havia saído da sala. Talvez ido ao banheiro ou... Antes que eu pudesse concluir meus pensamentos, ela voltou correndo daquele jeito atrapalhado que só ela tinha, dizendo quase aos berros que ouviu algo no andar de cima.

Não é que não a levamos a sério, mas a biblioteca é um prédio antigo e, por isso, barulhos são comuns. E, para falar a verdade, o filme estava tão legal que ninguém deu muita atenção.

— Gente, eu tô falando sério... Acho que tem mais alguém aqui com a gente. — Ela tentou chamar nossa atenção mais uma vez.

— Shhh... Presta atenção, Verônica! Não tô conseguindo ouvir o filme direito — sussurrou Marisol, que estava assistindo ao *Jovens Bruxas* on-line com a gente, por chamada de vídeo pelo celular da Verônica.

Minutos depois, Estelar pausou o filme e disse:

— Gente, acho que a Vê tem razão... Eu também ouvi um barulho estranho vindo lá de cima. — Estelar apontava para as escadas que levavam ao segundo andar da biblioteca, onde ficava o escritório de vovô.

— Eu estava tentando avisar, mas vocês não deram bola — Verônica disse, cruzando os braços, com aquela cara de fadinha incompreendida que só ela sabia fazer.

Nós congelamos.

No segundo andar, fica o escritório do meu avô, repleto de suas obras e alguns diários de navegação não publicados. Ninguém costuma subir até lá, já que o cômodo está trancado há anos, desde que ele se foi. Talvez a lenda de que ele é mal-assombrado tenha ajudado a afugentar as pessoas também. Mas acho que essa história só nasceu porque alguém acabou ouvindo nossas risadas e festinhas de madrugada. Tá, ok, não dá para negar que aquele lugar era bem antigo e guardava mais histórias do que eu poderia imaginar. Mas fantasmas? Acho que não.

Silenciosamente, saímos dali e fomos até a escada investigar. Verônica sugeriu chamarmos a polícia por causa do barulho, mas Tereza explicou que seria um tanto quanto difícil justificarmos o fato de estarmos todas na biblioteca de madrugada.

Ouvimos uma porta bater muito forte. Corremos para a entrada da frente da biblioteca e vimos que a chave não estava mais lá. Na pressa para entrar, esqueci de verificar se havia realmente trancado. E agora?

Algum ladrão pode ter entrado ao perceber que o lugar estava aberto. Estelar disse para chamarmos alguém, mas estávamos com Marisol ao telefone. Caso algo acontecesse, ela poderia ligar para os nossos pais ou até para a polícia. O desespero começava a tomar conta de nós.

De repente, percebemos um vulto correndo em nossa direção vindo do segundo andar.

Ele colidiu direto com a gente, pois estávamos todas alinhadas em frente à porta de entrada, naquele breu da noite.

O tombo foi tão forte que, mesmo no escuro, podíamos ver contornos de livros voando por todos os lados. Segundos depois do susto, pude notar que aquela era uma figura conhecida.

Ariane era conhecida como a garota mais introspectiva de Allfair, mas não era assim que eu a via, até porque sempre que ia à biblioteca à tarde mergulhar em novos universos, a encontrava. Inclusive, várias vezes que as meninas queriam ir até a praça atrás dos garotos, eu vinha aqui me refugiar em meio aos livros; ela estava sempre ali e, embora cada uma em seu canto, eu sentia como se ela fosse minha companheira, mesmo que não soubesse. Passávamos a tarde naquelas poltronas marrons de couro sintético, e me sentia bem só de saber que Ariane estava por ali, com suas camisetas de bandas emo que ela usava de forma livre, sem se importar com o julgamento musical alheio. Ela era autêntica e muito inteligente — enquanto eu terminava os dois primeiros capítulos, ela já havia devorado um senhor dos anéis inteiro, com mais de mil páginas.

Alguns garotos babacas da cidade faziam bullying com a Ari por conta da personalidade reservada, seu jeito de se vestir e até seu corpo, mas as meninas e eu sempre a respeitamos. Inclusive, tentamos nos aproximar algumas vezes, mas sem sucesso.

Nos dias em que eu ia aproveitar a natureza, as cachoeiras, as trilhas ou até o pôr-do-sol do alto do Farol, passava na biblioteca para pegar algum livro novo e carregá-lo para minha aventura. Ela sempre estava sozinha na biblioteca, nem o Festival da Primavera a tirava de lá.

Mas, mesmo a distância, Ariane parecia ser incrível, e sua avó Arla também. Ela era conhecida em Allfair por suas previsões, que contavam muito sobre o futuro por meio do oráculo e tarô e seu dom divino de ver até onde nossas escolhas atuais podem nos levar.

Eu sabia que havia todos aqueles comentários babacas na cidade e, com certeza, aquilo não deveria ser algo simples de se conviver, mas nunca havia conversado com Ari de fato. E agora ela estava bem ali, diante de nós, com os livros que ela carregava na mão espalhados pelo chão. O que estava acontecendo?

Tereza se colocou em frente a Ariane e ofereceu a mão para que ela pudesse se levantar.

— O que você está fazendo fugindo com esses livros da biblioteca a essa hora da noite? — Fenny estava curiosa.

Ariane rebateu:

— Eu? Por acaso, as pessoas sabem que vocês costumam invadir aqui de madrugada?

— Não tem problema algum nisso! — Estelar tentou justificar, mesmo sabendo que não era verdade.

— O que você está fazendo aqui, Ariane? — perguntei, pausadamente, tentando acalmar os ânimos.

— Nada.

— Como assim "nada"? — Verônica retrucou.

— Eu estava andando pelo centro quando ouvi um barulho vindo da biblioteca. Vi que a porta estava aberta e entrei.

— E de onde você pegou esses livros? — Verônica continuou.

— Da biblioteca, ué... — Ariane respondeu.

— E por que roubar se você poderia pegá-los emprestados? — perguntei, curiosa.

— Esses, não. Eles são diferentes.

— Como assim? — Fenny fez a pergunta que todas queríamos fazer.

— Esses eu peguei do escritório do Sr. Acqua. — Ariane abaixou a cabeça enquanto respondia, encarando os pés. Dava para perceber que ela sabia que não deveria ter feito aquilo. Em um tom de choro, continuou: — Desculpe, gente. Eu não tinha a intenção de roubá-los. — Ela estava visivelmente triste e sua voz falhava enquanto as lágrimas caíam.

— Calma, Ari, tá tudo bem — respondi. Eu queria proteger os livros do vovô, mas o seu pedido de desculpas parecia sincero, e aquilo me tocou profundamente. — Mas, Ari, me explique uma coisa… Como você conseguiu entrar no escritório dele? Ele vive trancado! — perguntei.

— Eu consegui a chave do escritório do Sr. Acqua mexendo nas coisas da minha avó… — Ariane abaixou a cabeça.

— Mas como ela tem a chave? — perguntei.

— É por conta da lenda — Ari respondeu.

— Que lenda? — todas perguntaram ao mesmo tempo, em um coro.

— A minha avó Arla nunca escondeu nada de mim, imagino que diferentemente das mães e das avós de vocês. A verdade é que nossas mães esconderam segredos de nós; quem sabe mesmo de todos os detalhes da lenda são nossas avós, mas eu precisava juntar mais pistas para descobrir tudo o que podia sobre os segredos que existem por trás de tudo isso!

— De tudo isso o quê? — questionou Fenny.

— Não é óbvio para vocês? — Ari nos encarava. — Olhem para nossas avós, olhem as histórias que o avô da Fernanda escreveu… Existem segredos e lendas que nossas mães não nos disseram.

De repente, um vento forte começou a passar entre nós e um barulho estourou no segundo andar da biblioteca. O som claramente vinha do escritório do vovô. Havia mais alguém ali?

Logo ouvimos outro som vindo de dentro da biblioteca. O medo tomou conta de nós. A história sobre a lenda ia ter que esperar.

— Tem mais alguém com você, Ariane? — perguntei.

— Não — respondeu.

— Bom, meninas, vamos lá ver que barulho é esse e devolver os livros do avô da Fernanda para o seu devido lugar… Ariane, vem com a gente? — Estelar fez seu discurso tentando parecer tranquila, mas dava pra ver que ela também estava com medo.

— Vocês querem que eu vá junto? Vocês têm certeza? — perguntou Ariane.

— Claro, Ariane. Por que não iríamos querer? — questionei.

— É! Vem com a gente, não fique aqui sozinha, é perigoso — reforçou Estelar.

— Ah, é que nós nunca andamos juntas. Nunca achei que vocês fossem querer a minha companhia. — Nós nos olhamos, enquanto Ariane continuava: — Sempre vi vocês andando juntas. Acho incrível a amizade que vocês têm, sem falar que todas são lindas e populares. Tudo parece tão perfeito na vida de vocês.

— Só parece… — Marisol, pelo celular, interrompeu a fala de Ariane.

— É, sei que as aparências enganam, mas nunca senti pertencer a esse lugar, a essa cidade, a essas pessoas e muito menos ao grupo de vocês...

Ficamos um pouco confusas com o desabafo que começou repentinamente. Parecia que Ariane tinha muito sentimento engasgado dentro dela e precisava se abrir com alguém.

— Mas eu sempre chamei você para andar com a gente, Ari — respondi, ao lembrar das vezes em que tentei conversar com ela na biblioteca.

— Sempre achei que era apenas por educação... — Ariane rebateu. — Até porque vocês sempre viram tudo o que acontecia comigo, todo ódio gratuito, e não faziam nada — desabafou Ariane. — Inclusive, por que vocês acham que eu nunca fui ao Festival da Primavera ou participei dos passeios às cachoeiras e das trilhas com vocês? Em todos esses lugares, as pessoas jogam na minha cara que não sou bem-vinda...

— Nunca foi apenas por educação, Ari. Você parece ser uma garota incrível e superinteligente. Sempre comentamos o quanto gostamos de você — disse para ela, tentando demonstrar o quanto a admirava.

— Tudo bem, Fernanda. Também gosto de você. Mas onde vocês estavam quando os meninos, inclusive o namorado da Marisol, ficavam fazendo piadinhas e até músicas sobre meu corpo, meu estilo e meus gostos? Eu nunca vi vocês nesses momentos — desabafou Ari.

— Você está certa, Ariane. Fui muito conivente com tudo isso, me calei por muito tempo. Você tem toda a razão — Marisol respondeu pela chamada de vídeo. — Ele é um babaca e, por nunca ter me posicionado, fui também. Por favor, me desculpe. Eu não percebia isso, mas todo esse processo tem sido muito importante para mim, para aprender e até decidir quem realmente deve estar ao meu lado. — Todas concordamos com Marisol, que continuou: — Espero que daqui para frente as coisas sejam diferentes. Nos desculpe.

— Obrigada, meninas. O que importa agora é a forma como vamos nos posicionar daqui para frente, e fico muito feliz de saber que vocês realmente gostam de mim. Vocês não fazem ideia do quanto isso é importante. — Dessa vez, Ariane sorria com os olhos.

— Sim, eu amo seu estilo! O seu aesthetic é tudo! É à frente do tempo! Quero, inclusive, gravar um vídeo de looks com você pra gente mostrar que a moda transcende as barreiras e limites impostos — falou Verônica, nossa criadora de conteúdo, toda empolgada.

— E me esqueci de uma coisa... Sempre quis roubar suas camisetas de anime! — gritou Marisol.

— Sim, Ari, nós não escolhemos nossas amizades por padrões em comum, mas sim pela troca de energia e calor que temos umas nas vidas das outras. Você é mais que bem-vinda e já faz parte do grupo. Não encana que aqui ninguém vai julgar ou deixar que julguem você. Ari, você é uma mina linda e estilosa, e não vai deitar para ninguém! — Fenny tinha um jeito único de colocar todos para cima. Como dizia a Vê, a garota tem o swag, hahaha.

— Eu que fico feliz de saber que vocês pensam assim. Infelizmente, ainda vivemos num mundo cheio de padrões e comportamentos antigos que limitam nossa evolução por questões tão ridículas quanto o formato do corpo, a crença religiosa e até a orientação sexual. É incrível ver que um grupo de garotas como vocês se importam com isso e com pautas tão importantes. E, Fenny... Você que arrasa!

Todas começamos a sorrir ao mesmo tempo. Era como se Ari sempre fizesse parte do grupo e todo aquele clima de filme de terror havia desaparecido por alguns minutos. Até que Tereza nos trouxe de volta para a Terra:

— É... Eu não quero interromper o momento, porque esse papo é bem importante, mas... — De repente, outro barulho veio do segundo andar, interrompendo Tereza. Congelamos mais uma vez.

— Nós precisamos ver que barulho foi aquele, certo? — Ariane tomou a frente corajosamente. Realmente, ela já era parte do grupo. Parecia destino ela estar ali. — Eu abri aquela porta e, se alguém entrou, eu mesma vou averiguar — continuou.

— Eu vou com você! — Fenny se posicionou ao lado de Ari.

— Vamos. — Tereza abraçou as duas.

Vêronica, Estelar, Marisol, pelo telefone, e eu fomos logo atrás, com as lanternas dos celulares ligadas.

O som vinha do segundo andar e, conforme elas foram se aproximando da porta do escritório, ele começou a ficar mais alto e forte. Era como se algo ou alguém estivesse lá.

— Acho que não devemos entrar lá — Ariane sussurrou, dando pra trás, agora com medo.

— Por quê? Você sabe de alguma coisa que não sabemos? — Fenny estava preocupada.

— Shhhhhh... Se tiver alguém aí, vai ouvir vocês! — disse Marisol pelo telefone de Verônica, pronta para ligar para os nossos pais, caso algo acontecesse.

O barulho parou.

— Meninas, preciso confessar algo — começou Ariane, cortando completamente o silêncio. — Eu estava no escritório do Sr. Acqua porque sempre quis entrar na seção secreta que existe lá. Na primeira gaveta da escrivaninha dele, encontrei um molho de chaves e testei na porta da seção. Deu certo. E, enquanto fuçava os diários secretos dele, ouvi um barulho que me assustou. Por isso, saí correndo e acabei tropeçando em vocês. Eu não sei o que era, mas o barulho foi tão forte e alto que eu só soube correr.

— Tudo bem, Ari. Agora, vamos descobrir quem mais está lá dentro. — Fenny puxou o grupo, e todas a acompanhamos rapidamente para não ficarmos para trás.

Silenciosamente, nós sete — quer dizer, seis e meio, já que Marisol estava conosco apenas por chamada de vídeo — entramos no escritório do meu avô.

Mesmo depois de tantos anos, o cheiro do vovô ainda parecia estar presente. Talvez fosse minha imaginação ou a saudade, mas conseguia sentir seu perfume naquele cômodo, que cheirava à roupa limpa com um toque de mar — essa é minha vã tentativa de explicar um aroma que me era tão familiar.

No centro da sala, ficavam uma mesa de madeira e um quadro com uma foto da nossa família. Nas paredes, alguns certificados de suas expedições e, ao lado, uma pintura dele com a vovó. Era um daqueles quadros antigos em preto e branco, com apenas os olhos azuis da cor do mar da vovó em destaque. Eles pareciam se amar tanto...

Havia uma porta secreta entre as estantes de livros que estava aberta, do jeito que Ariane havia deixado. Então, aquela era a famosa seção secreta que eu sempre sonhei em conhecer?

Adentramos à seção secreta. Fenny foi na frente, pois era a mais corajosa.

Lá dentro, percebemos que o barulho era apenas o vento, que entrava por uma única e pequena janela.

Ufa! Todas suspiramos aliviadas. Não era nada grave. Mais calma, comecei a reparar em cada detalhe daquela sala: era uma biblioteca cheia de livros, coleções, diários e anotações dele. Todo aquele ambiente tinha uma áurea mágica. Logo meus olhos ficaram fixos num livro que estava na estante do fundo.

A capa era parecida com a de tantos outros que minha avó já havia me mostrado.

Era uma capa roxa igual às dos diários do vovô. Sem pensar muito, peguei o livro. Talvez fosse o tal livro de contos proibidos do senhor Eron Acqua. No título, lia-se: **A lenda das Guardiãs Elementais**.

Fiquei hipnotizada. Esse era o tal livro que os ouvia comentando quando era mais nova, aquele que eu só leria quando estivesse pronta e completasse dezessete anos. Olhei em volta e notei que todas também encaravam aquela capa sem sequer piscar, como se algo nos atraísse intuitivamente para aquele livro.

— Meninas, minha avó já me contou sobre isso — disse Estelar, em tom de mistério.

— Como assim? — perguntei.

— Sério? — perguntou Ariane. — Eu também sempre soube.

— Sempre souberam do quê? — Eu estava começando a ficar confusa.

— Sobre as Guardiãs Elementais — completou Estelar.

— Afinal, não era só uma lenda que a vovó contava para eu dormir… — ponderou Ariane, encarando a todas nós com a mesma expressão de Estelar, como se elas soubessem de algo que nós não sabíamos.

AR

ELEMENTAL: Airly

IDADE: 17 anos

CORES PREFERIDAS: azul e branco

SENTIMENTOS: fluidez e leveza

CHACRA: frontal

SIGNO: Libra

CRISTAL: pedra cristal

MÚSICA: *Una Mattina*, Ludovico Einaudi

SÉRIE OU FILME: *O Castelo Animado*

COMIDA PREFERIDA: missoshiro

SONHO: ter um canal no Twitch para streamar jogos fofos.

DOM: ser comunicativa. É a canalizadora das mensagens celestiais. Tem clariaudiência.

ATRIBUTOS: intelectualidade a serviço da evolução humana. Sabe falar a língua dos anjos. Traduz qualquer mensagem celestial ou dimensional para a linguagem terrena, tornando a mensagem compreensível. Todos os seres viventes de asas e as correntes de ar se submetem à sua missão.

SOMBRA/DESAFIO: quando se desvitaliza, é tomada por um silêncio sepulcral que a impede de ouvir as vozes universais, gerando uma ansiedade esmagadora. Perde a confiança em si e em todos ao redor, gerando uma insegurança profunda. Ao perder o controle de seu Elemento, cria, sem desejar, furacões devastadores em inúmeras partes do planeta.

PODERES: flutuar, controlar as correntes de ar e vento e ter visão do futuro.

ÓLEOS ESSENCIAIS (ARIANE): murta

ÓLEOS ESSENCIAIS (AIRLY): ládano

ARIANE

MAGIA

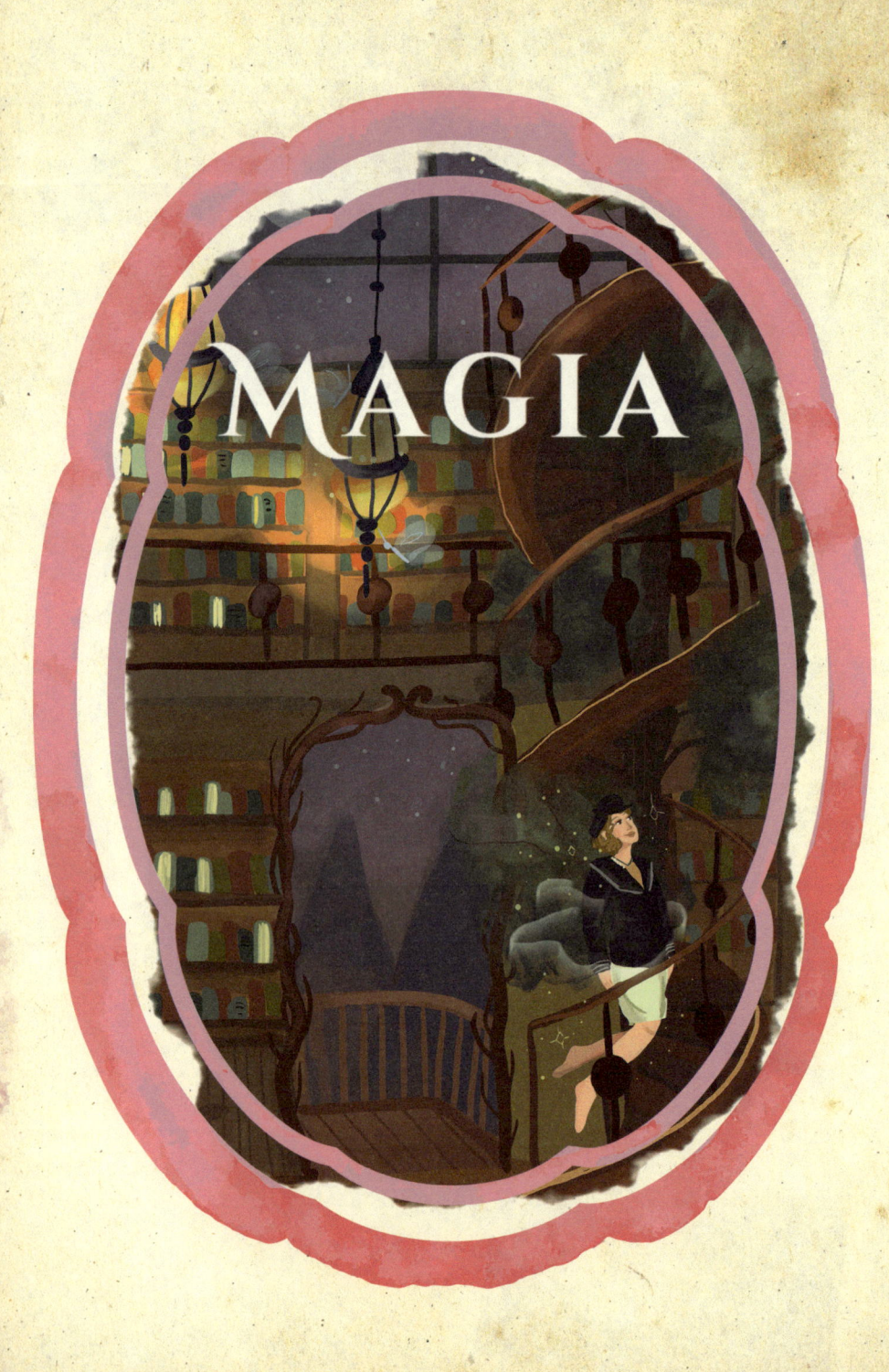

Diário de Navegação. 17/07/1944

Ontem algo que não compreendi muito bem aconteceu. Talvez seja pela minha teimosia ou meu medo em aceitar os fatos, ou então por estar há muitos dias em alto-mar. Isso acaba mexendo com a cabeça...

Mas o que importa é: ontem fui a outro mundo enquanto dormia.

É sério!!

Pude jurar que meu barco subiu aos céus, mergulhou entre as nuvens e cruzou as estrelas e a lua. Meu barco adentrou um portal que ficava à direita da terceira estrela.

O barco seguiu em sua viagem, passando por

nuvens que tinham cores intensas e bem definidas. Se eu pudesse descrever a cena, era algo como navegar dentro de um arco-íris sem fim.

Quando vi, estava em uma ilha. Sim.

O que era aquilo?

Não sei.

Como poderia existir uma ilha entre as estrelas? Como isso seria possível? Não sei. Só sei, diário, que estive lá e que estou apaixonado...

No centro da ilha havia uma casa de madeira. Parecia ser muito aconchegante.

Uma luz amarela ~~emanava~~ emanava daquela cabana e brilhava ainda mais intensamente à medida que meu barco se aproximava.

Olhei para o céu e pude ver as estrelas, tão próximas que quase podia tocá-las. Conseguia ver as galáxias e ~~as estrela~~ as estrelas cadentes de cores jamais imaginadas.

Aquilo, definitivamente, era um sonho... Ou um lugar mágico.

Entrei naquela linda cabana. Parecia não haver ninguém, apenas um silêncio perene. Do lado de dentro, tudo era muito maior do que quando visto de fora.

"Só posso estar sonhando", pensei.

Vi uma escada que descia do teto. Ao subir, encontrei a maior biblioteca que já vi em minha vida.

Era enorme e totalmente abarrotada de livros. Conforme subia, flutuando, podia sentir que não se tratava de uma biblioteca qualquer.

Pairei por entre seus corredores, até que um livro específico chamou a minha atenção.

Ele era de um tom roxo-ametista, como as pedras que colecionava em minhas viagens e expedições. Ao redor de sua capa, havia sete pedras ~~coloridas~~ coloridas e, em seu centro, um círculo que brilhava.

Decidi abri-lo. Mas só de segurá-lo dava para sentir que não era um simples livro em minhas mãos. Era um portal, por onde adentrei.

Era como se eu estivesse em outra dimensão, onde pude ver sete seres diferentes.

Sete mulheres. Sete cores. Sete vozes; e logo pude ouvi-las:

"Nós, humanos, e a natureza existíamos em perfeito equilíbrio, até que algo nos fez questionar se fazíamos mesmo parte dela. Isso gerou um desequilíbrio, pois fez com que nos víssemos como elementos à parte. Ao se ver separado, o homem se achou no direito de extrair tudo o que vinha do coração sagrado da mãe natureza, a mais pura fonte do poder feminino e do equilíbrio que existe em todos os reinos. Essa busca do homem por poder está ameaçando o equilíbrio da natureza, o que está levando a humanidade para a destruição.

E foi assim, como forma de proteção, que o coração da natureza enviou as Guardiãs Elementais. A cada geração, sete garotas, ao completarem dezessete anos, são escolhidas para representar os sete elementos e manter o equilíbrio natural do mundo. Cada uma delas representa um elemento e protege seus aspectos:

Água, Terra, Fogo, Magia, Tempo, Som e Ar

Era uma sensação muito estranha... Enquanto lia aquelas antigas páginas do diário de navegação do meu avô, sentia como se já conhecesse essa história, por mais fantástica que me parecesse naquele instante.

Por um momento, fiquei completamente em choque, encarando a página em minha mão. Então, olhei para cada uma das meninas e todas me fitavam intensamente.

— Continua! Continua, Fernanda! — disse Verônica, impaciente.

— É, Fernanda. Por que você parou? — Ariane estava me olhando, assim como todas as outras meninas.

Voltei a encarar aquelas palavras escritas há tantos anos pelas mãos do meu avô. Como, depois de tanto tempo, minha avó e ele nunca haviam me contado essa história? Por quê? Eu não sei. Meus questionamentos internos foram interrompidos pelo cutucão de Fenny, e voltei a ler o diário que segurava em minhas mãos.

Em um ato de força, elas se uniram e juraram umas às outras:

"Não podemos deixar a magia da luz morrer, nem mesmo diante de nossas sombras..."

Sete raios de luzes coloridas as cercaram e, naquele instante, não pude ouvir o que foi dito entre elas. Talvez fosse um juramento secreto.

Ao terminarem, uma delas se voltou para mim. Ela não parecia incomodada com a minha presença e, pelo seu olhar tranquilo, senti que todas sabiam que eu estava ali desde o início.

A jovem, que mais parecia uma ninfa das águas, caminhou suavemente em minha direção. Seus olhos eram tão azuis que me faziam lembrar as águas transparentes do mar do Caribe.

Eu continuei a encará-la e era como se eu estivesse rodeado por um mar calmo; a pele era branca como a porcelana, e os cabelos eram longos e muito claros.

Ela me entregou uma caixa com sete cristais e, mentalmente, me transmitiu uma única mensagem:

"Não deixe que o mundo se esqueça da lenda das Elementais. De tempos em tempos, um novo grupo se formará guiado pelo destino e chegará até os cristais. Cada uma delas receberá um dos sete cristais, e cada cristal virá de uma família Elemental."

O primeiro cristal era o quartzo rosa e pertencia à Elemental que me lembrava uma elfa. Ela tinha cabelos cor-de-rosa, algo nunca antes visto. Seu olhar era doce e o sorriso, contagiante. Ela se aproximou de mim e disse:

O Cristal-Coração é o responsável por manter todas as elementais unidas, pois é nele que pulsa a magia.

Quando virei a folha, não havia mais anotações do meu avô.

O restante das páginas tinha sido rasgado.

— Como assim??? — gritei.

— Não tem mais nada? — questionou Fenny.

— Não — sussurrei.

— Que história incrível!!! — Ariane estava visivelmente empolgada.

— AI MEU DEUS! Como vamos saber se tudo isso é real ou não? — Verônica questionou, fazendo uma careta que só ela podia fazer!

— Gente… É verdade, real oficial — respondeu Estelar, que continuava com a mesma expressão serena de antes, com seus olhos ainda encarando o livro.

— Do que você está falando, Estelar? Explique direito. Você e a Ariane ficam falando como se soubessem de coisas que não sabemos! — respondeu Tereza, evidenciando seu jeito sério.

— Sim!!! CONTA TUDO, MULHER! Desengasga! — gritou Fenny.

Estelar era um tipo de elo entre todas nós. Ela nos unia quando brigávamos, era nosso suporte emocional e sempre tentava nos motivar, doar sua energia e, às vezes, até colocava nossos problemas à frente dos dela. O coração dela era gigante.

Estelar sempre foi ligada em Astrologia e autoconhecimento. Ela me ensinou que se conhecer é a mesma coisa que se libertar, pois, assim, você não permite que ninguém o limite.

Diferentemente de nós, ela cresceu em Allfair. Estelar sempre esteve aqui, desde que seus pais se separaram. Sua avó, Dona Estrela, prefeita de Allfair e dona de boa parte das lojas do centro, criou a neta com muito amor, liberdade e moral espiritual e artística. Estelar não tinha medo do novo e era a mais "mente aberta" de todas nós. Ela costumava falar de coisas diferentes e isso tornava os momentos com ela puramente únicos e mágicos.

Sempre fez amigos com facilidade e é o chiclete cor-de-rosa da turma, nada mais justo, já que sua cor favorita é rosa. Foi ela que nos uniu, sendo o grande motivo de todas voltarmos à Allfair nas férias.

A mesma Estelar que sempre foi o coração do nosso grupo nos encarava agora, tentando escolher as palavras para explicar a Tereza, Fenny e o restante de nós o que estava acontecendo.

— Vovó Estrela nunca escondeu de mim a origem mágica de nossa família — respondeu, finalmente, Estelar.

— Mágica??? — Verônica agora estava com os olhos arregalados.

— A minha também não — Ariane emendou. — Na verdade, sempre soube da profecia, mas nunca achei que fosse realmente acontecer com a gente, até porque nossas mães não deram continuidade às guardiãs e, com isso, não mantiveram o portal aberto — disse Ariane, enquanto se aproximava de Estelar.

— Portal??? — Verônica parecia um esquilinho em cima do pescoço de Estelar. — ME CONTA, ME CONTA, ME CONTA MAISSSSSSSS! Cadê o resto do livro? Eu preciso saber! — Esse é o jeitinho da Vê que a gente ama, intensa em tudo!

— Eu não sei a história completa. Tudo o que sei é que minha avó me contava lendas sobre a magia da natureza estar morrendo em nosso mundo e que eu precisaria ajudar a recuperá-la. A avó de vocês nunca falou nada disso?

— Não abertamente… Mas essa história não me é totalmente estranha… Na sexta-feira passada, vi a minha avó conversando no nosso restaurante com as avós de vocês, e elas pareciam preocupadas comigo. Mas não sei se tem relação com as guardiãs — disse Marisol.

— Eu soube desse encontro. Mas achei que era só uma reunião de amigas mesmo. Será que elas escondem algo de nós? — questionou Fenny.

— E se procurarmos a continuação nos diários do meu avô lá em casa? — Fechei o diário e o coloquei, com cuidado, em seu lugar, para que ninguém notasse que havíamos mexido.

— Sempre sonhei em ver a biblioteca pessoal do seu avô! — disse Ariane, saltando tão alto que parecia voar.

Um vento voltou a bater a janela, mas, desta vez, não sentimos mais medo.

— Que sonho estranho — brincou Verônica. Mas, afinal, o que você sabe Ari? — completou.

— Eu já pesquisei e li tudo o que pude sobre essa lenda nas oportunidades em que percebi a biblioteca aberta à noite. Era a minha chance de saber mais sobre as Guardiãs Elementais — confessou Ariane.

— Mas como você sabe sobre elas, Ari? — questionou Fenny.

— A minha avó me contava — respondeu.

— E como ela sabe sobre elas? — Verônica se esforçava para entender a história completa.

— Antes de dormir, vovó Arla costumava me contar sobre a profecia das Guardiãs Elementais. E vocês sabem que ela ama tarô e tudo o que envolve o universo da Astrologia, né? Então, ela explicou que estamos prestes a entrar na era de Aquário, e que o mundo irá passar por profundas transformações. E é por isso que será preciso reunir as novas Guardiãs Elementais.

A avó de Ariane era uma astróloga muito famosa e respeitada em Allfair. Vovó sempre se encontrava com ela. Para falar a verdade, as avós de todas as meninas também. De repente, tudo parecia estar conectado, ainda mais quando Ariane mostrou um colar cujo pingente se parecia com uma bolinha de gude, todo feito de vidro. No meio, havia um símbolo azul que brilhava intensamente.

— Essa é a pedra do Ar. — Ariane segurava o colar com a pedra em um tom azul mais escuro. — É sério que vocês nunca haviam reparado no colar das avós de vocês? — Ariane nos encarava.

Enquanto ouvia a explicação de Ari, tudo começou a fazer sentido em minha cabeça.

Minha avó sempre usou um colar igual, de cor azul-clara, com um símbolo de gota no centro. E parece que não era apenas eu que estava tomando consciência disso. De repente, todas nós estávamos balançando a cabeça, concordando que já havíamos visto algo parecido antes.

Ari ainda segurava o colar em suas mãos quando algo começou a brilhar no pescoço de Estelar. Era um brilho rosa intenso.

— Estelar, seu colar está brilhando! — Verônica apontava para a pedra.

— Por que será??? — Tereza se aproximou.

— Esse é o colar que vovó me deu quando completei dezessete anos — disse Estelar.

O pingente de Estelar era um coração de cristal rosa, com uma estrela no centro, que agora brilhava muito.

Isso era real? Comecei a pensar que pudesse estar delirando. Era muita informação para assimilar… Quando pensei que fosse desmaiar encarando aquelas pedras brilhando na minha frente, Ariane e Estelar começaram a flutuar diante de todas nós, ultrapassando a altura das estantes de livros do vovô. O curioso é que ninguém parecia sentir medo diante de algo tão fantástico. Era como se aquilo tivesse que acontecer.

MAGIA

ELEMENTAL: Mágikah

IDADE: 17 anos

CORES PREFERIDAS: rosa e preto

SENTIMENTOS: generosidade e abundância

CHACRA: cardíaco

SIGNO: Leão

CRISTAL: quartzo rosa

MÚSICA: *Tonight I'm Getting Over You*, Carly Rae Jepsen

SÉRIE OU FILME: *O serviço de entregas da Kiki*

COMIDA PREFERIDA: torta de limão

SONHO: ter sua própria marca de roupa sustentável e vegana.

DOM: conexão universal. Conecta todos os seres ao seu eu superior, manifestando o propósito da alma.

ATRIBUTOS: atrai as energias para si e as manipula, vitalizando-as por meio de seu coração e devolvendo-as de forma harmônica para o ambiente e as pessoas. Todos os reinos abrem as portas quando ela se manifesta.

SOMBRA/DESAFIO: quando desvitalizada, sente como se seu coração parasse de bater, ocasionando um profundo desprezo pela humanidade. Tal desinteresse a torna apática, voltando sua energia para ações egoístas e tiranas, que não frutificam. Seu olhar se torna vazio e distante.

PODERES: mover objetos com sua magia e hipnotizar os outros por meio de palavras ou encantar com seu olhar.

ÓLEOS ESSENCIAIS (ESTELAR): gerânio

ÓLEOS ESSENCIAIS (MÁGIKAH): rosas

ESTELAR

FOGO

No dia seguinte, havíamos combinado de ir à casa da avó de Estelar. Tinha me esquecido de como era a mansão antiga de Dona Estrela. Ela estava sempre de preto e óculos escuros, por isso muitos tinham medo dela. Diziam ser uma velha rica e solitária, algumas pessoas inventavam boatos sobre ela ser uma bruxa, mas ela parecia gostar. Desde pequenas, sabíamos que a Dona Estrela era diferente, ela sempre teve um senso de humor único e apoiou e cuidou de Estelar, que é nosso cristalzinho.

Estelar sempre dizia em um tom irônico: *"A vovó só é descolada demais para essa cidade ultrapassada. Ela é girlboss, dona de metade de Allfair, solteira por escolha e ainda viaja o mundo inteiro".*

No fundo, Dona Estrela estava certa: toda mulher poderosa assusta a sociedade.

Dona Estrela nos aguardava toda vestida com tons sóbrios, óculos e com seus cabelos brancos. Uma avó superfashion.

Dona Estrela nos encarou e interrompeu meus pensamentos:

— Estelar me contou o que aconteceu. Então, vocês foram as escolhidas?

E foi naquele momento que Dona Estrela, naquela sala gigante que parecia de novela chique, levantou um cajado com sua pedra no topo, fazendo suas roupas ficarem claras e os cabelos crescerem, enquanto se coloriam de cor-de-rosa. Lindos! Ela parecia uma mistura de bruxa da luz com traços de fada.

— UOOOOW! — disse Fenny espantada.

— Isso é real ou é uma série da *Netflix*? — brincou Verônica.

— Cada uma irá pegar uma pedra dentro desta caixa mágica, mas, antes, preciso ter certeza de que vocês sabem o que estão fazendo — disse Dona Estrela.

— Temos — respondemos juntas. Marisol também concordou, ela continuava com a gente no celular.

— Sou apenas a guardiã dos cristais. Essa caixa está comigo há mais de cinquenta anos, esperando o dia em que as sete aprendizes Elementais escolhidas viessem até mim. Não sou eu quem decide o destino, isso só você pode escolher.

Dona Estrela, que segurava uma caixa coberta por um tecido aveludado preto, explicou que cada uma de nós retiraria um cristal de lá.

Tereza foi a primeira a colocar a mão na caixa e tirar uma bola de vidro da cor verde. Dentro do pingente, havia uma espécie de planta.

— Você será a guardiã da Terra, Tereza, e seu nome Elemental será *Lótus!*

— UOOOOOW!

Quando ela colocou o cristal no pescoço de Tereza, o pingente começou a brilhar em frente ao rosto dela.

Agora era a vez de Fenny.

Ela enfiou a mão na caixa de forma meio receosa e tirou uma pedra vermelha de dentro. Ao encará-la, os cabelos de Fenny começaram a ficar ainda mais avermelhados diante daquela luz, e Dona Estrela disse:

— Você é a guardiã do Fogo, Fenny. O seu nome Elemental será *Flamme.*

Os olhos de Fenny também ficaram vermelhos e, por um momento, era como se ela não estivesse ali. Seu corpo se ergueu suavemente e logo ela voltou ao chão.

Ao voltar para si, Fenny disse:

— Não temos tempo, o fogo me contou que o equinócio se aproxima e devemos nos preparar para abrir um portal!

Era óbvio que Fenny seria a guardiã do fogo. Ela era resiliente e forte como o fogo.

Nunca vi Fenny desanimar. Ela tinha pouca paciência e podia explodir às vezes, mas era fonte de inspiração por nunca desistir de nada, nem mesmo diante dos momentos difíceis que passou em relação a se aceitar sobre ser pansexual e não saber lidar, ou mesmo por ter um pai quadrado que nunca aceitou seu sonho de seguir carreira como dançarina, já que seus pais são empresários e esperavam que ela fosse seguir os padrões, ou seja, namorar, casar e tocar os negócios da família.

Mas Fenny era como o fogo e não se deixava apagar; ela sempre transformou tudo isso em combustível.

Fenny era a garota forte do grupo, tinha dificuldade em demonstrar suas vulnerabilidades, mas eu podia vê-las por baixo daquela imagem de durona. No fundo, ela era acolhedora e quente como a chama da lareira da casa da vovó nos dias frios… Essa era Fenny, capaz de transformar tudo o que tocava com sua coragem e força de vontade. Nossa Guardiã do fogo.

Eu era a próxima. Comecei a ficar ansiosa, um mix de sentimentos. Pensei em ir embora. Aquilo não poderia ser real. Como seria possível?

Até que Dona Estrela me estendeu a caixa e sorriu, dizendo:

— O destino nunca erra, Fernanda... Acqua. — Ela voltou a rir para mim.

Fiquei paralisada, sem entender muito bem, até que criei coragem e coloquei a mão na caixa. Eram várias pedras geladas e arredondadas. Escolhi uma e puxei. Veio um cristal azul-claro, com uma gota dentro.

— Hahahaha! Eu disse, Estelar, nunca erro! — Riram apenas Estelar e sua avó Estrela.

Ninguém entendeu o motivo...

— Calma, vó! Ela não tá entendendo nada. Fê, ontem minha avó me contou que cada uma de nós estava predestinada a ser guardiã de um elemento, e ela chutou que você seria a da água. Na verdade, com esse nome, estava fácil de adivinhar. — Estelar sorriu para mim.

Um filme passou por minha cabeça e logo tudo fez sentido.

— Eu sou a guardiã da Água — sussurrei e uma lágrima escorreu.

Todas olharam fixamente para mim.

Pequenos canais de água começaram a se formar diante dos meus olhos. Eles vinham dos copos e vasos de plantas e das minhas lágrimas de alegria. Eu não sabia explicar, não tinha a mínima ideia de como estava fazendo tudo aquilo acontecer. Era magia. Magia da água.

— Fernanda Acqua, ou melhor, *Acquarya*, sua avó nunca te contou nada? — Sorriu Dona Estrela.

— Vovô Eron e ela me contavam desde pequena que, quando eu fizesse dezessete anos, estaria pronta para ler um diário secreto especial… Esse sobre a expedição até a ilha secreta desses seres místicos e elementais. Mas sinto que, quando ele faleceu, essa magia começou a desaparecer… Até agora — respondi, abaixando a cabeça.

— Sua avó e eu costumávamos ser muito amigas no passado. Posso garantir que a intenção dela sempre foi proteger você. Algumas pessoas acreditam que nem sempre é bom nos aprofundarmos nos conhecimentos que estão além do que os olhos podem ver, mas esse é, com certeza, um chamado que nós não podemos conter. Todas vocês são Guardiãs Elementais, e elas sempre vão voltar de era em era para retomar o equilíbrio do planeta. Essa magia esquecida está em todas nós. — Nós encarávamos fixamente Dona Estrela, enquanto ela explicava o que estava acontecendo. — Em um mundo no qual as mulheres poderosas conseguem gerar medo, deve existir um motivo, não é mesmo, meninas? E é impossível o homem vencer essa força Elemental que só a própria natureza pode invocar, e é por isso que vocês estão aqui, agora, neste exato momento — Dona Estrela continuava a falar.

— Não acredito que isso esteja acontecendo com a gente — Verônica parecia chocada.

— Tô passada! — disse Fenny.

— Que honra... — Sorriu Tereza, e aquela sua expressão forte que ela costumava exibir a todo momento se quebrou num doce olhar. Todas nós estávamos gratas demais por sermos as escolhidas.

— É muita responsabilidade ser uma Guardiã. É ser uma inspiração para vocês mesmas e umas às outras, mantendo viva essa lenda no coração de todas as próximas gerações que irão assumir esse papel como nós, não deixando a força elemental ser esquecida.

Ela foi passando a caixa para as outras meninas, e aquelas frases foram ecoando dentro da minha mente durante alguns minutos; eu só tentava administrar e organizar esse mix de sentimentos novos.

Ariane era a guardiã do Ar, mas não ficou surpresa, pois sua avó já havia lhe contado.

Seu nome Elemental era *Airly*!

De todas nós, Ariane e Estelar eram as que mais conheciam a lenda. Estelar era a guardiã da Magia, cujo nome Elemental era *Mágikah*. Ela era, assim como sua avó, uma das portadoras da magia mais pura, que era a magia do coração, a grande responsável por unir os sete elementos.

Verônica era a mais ansiosa e justo ela tinha ficado por último. Já havia roído todas as unhas, quando Dona Estrela chegou com a caixa diante dela.

— Finalmente! — deu um berro desajeitado.

Só havia mais dois cristais naquela caixa. Ela tirou apressada o seu cristal e quase o deixou cair, mas foi mais rápida.

Era um vidro roxo, que lembrava uma ametista com uma ampulheta deitada no meio.

— Essa é a pedra da transmutação, que é a força mais rápida do mundo. Por quê? Porque é a magia da cura. A cura é a forma mais rápida de economizar tempo. Parabéns, Verônica. Você é a guardiã do Tempo e seu nome Elemental é *Velocy* — Dona Estrela explicou, ao colocar a pedra em volta de seu pescoço, que agora brilhava em tons de lilás.

De repente, Dona Estrela perguntou:

— Ué... Mas onde está a sétima Guardiã?

Talvez tenha me esquecido de comentar que Marisol esteve presente durante todo esse tempo por chamada de vídeo, no celular da Verônica, que era a que tinha o melhor plano de internet de todas nós naquela cidade — você já viu uma influenciadora sem internet e sem bateria?

— Como assim? Como eu não percebi antes? É muita menina, me perdi! Essas coisas de jovens, essa tecnologia...

Ela está no celular??? Como vamos fazer? O ritual não pode começar sem as sete juntas! — A feição de Dona Estrela deixava evidente a sua preocupação.

— Vó, a Marisol talvez venha. Ela só está com alguns problemas, mas nada impede de sabermos qual é a pedra dela, né? — sugeriu Estelar.

— Hmmmmmm…. É, hmmm. Você tem razão, só restou uma mesmo.

Marisol não exibia muitas expressões, algo estava acontecendo, e eu podia sentir… Era como se a água pudesse me contar.

— Você é a Guardiã do Som, *Sonora*. — Marisol ouvia Dona Estrela falar pela tela do celular.

Era uma pedra linda, que mudava de cor. A dela era a única diferente. Acendeu amarela, mas logo apagou e preta ficou.

Marisol comemorou de uma maneira rápida pelo telefone, mas logo disse que precisaria desligar a chamada, pois alguém havia chegado.

Dona Estrela fez uma cara de desconfiada e falou:

— Meninas, vocês não querem se sentar? Hoje foi um dia cheio. Irei preparar chá com biscoito para vocês…

A casa de Dona Estrela era realmente magnífica. Tudo tão lindo e bem-cuidado. O piso de madeira brilhava e reluzia, e era ornamentado por um tapete felpudo e escuro que, de tão grande, chegava a cobrir todo o centro da sala, sem falar na lareira que contornava o cômodo.

A vista, que dava para a floresta de Allfair, era linda.

Ela serviu chá de camomila com biscoitos amanteigados, e percebi que a imagem que as pessoas tinham da Dona Estrela não era real. Ela era uma senhora muito amável.

Dona Estrela suspirou em sua cadeira, enquanto olhava o sol se pondo.

— Sabe, garotas… Não é tão simples se tornar quem você veio para ser nesse mundo. Acho que esse é o desafio, saca? — disse ela entre um gole de chá e outro, enquanto suspirava e encarava a janela. — Às vezes, tentam roubar nossa magia, mas sou grata por ter tido amigas como vocês quando era jovem, pois não saberia o que fazer… Quase me perdi também, mas saibam que Marisol precisará pegar sua pedra até o equinócio de primavera ou perderá seus poderes, pois é quando as energias do dia e da noite se equilibram, e todas vocês precisam estar presentes e juntas para recarregar seus cristais e abrir o portal que vai trazer toda essa energia que a Terra precisa para se transformar e restabelecer o equilíbrio — Dona Estrela explicou.

Todas nós a olhávamos com atenção, tentando absorver tudo aquilo.

— A minha parte como Guardiã está cumprida, os cristais estão entregues. Agora, com relação à pedra da Marisol, talvez Ofélia, a avó da Tereza, possa ajudar, mas antes vocês precisam entender o que está acontecendo com ela e se ela quer o mesmo que vocês. Sabe, pode acontecer de uma Guardiã "se perder" e ter sua energia drenada. Isso já aconteceu antes… Cabe a vocês tentarem descobrir o que está acontecendo e ajudar — Dona Estrela concluiu.

— Preciso conversar com a minha avó — pensei alto, sem perceber.

— Sim, Fernanda. Ariel poderá orientar vocês sobre a Marisol. Na verdade, ela é a pessoa perfeita, pois foi sobre ela que falei quando disse "se perder". Mas, hoje, descansem. Amanhã será um novo dia, minhas novas Guardiãs.

FOGO

ELEMENTAL: Flamme

IDADE: 17 anos

CORES PREFERIDAS: vermelho e laranja

SENTIMENTOS: coragem e espontaneidade

CHACRA: plexo solar

SIGNO: Áries

CRISTAL: ágata de fogo

MÚSICA: *A vida é boa com você*, Bryan Behr

SÉRIE OU FILME: *Mulher-maravilha*

COMIDA PREFERIDA: guacamole e nachos

SONHO: um mundo no qual as mulheres possam se expressar livremente e ser dançarina da Rihanna.

DOM: inspiração e ação. É capaz de remover os obstáculos mais intransponíveis.

ATRIBUTOS: tem domínio das chamas vulcânicas que aquecem o nosso planeta. O sol é sua fonte nutritiva e vitalizante. O Fogo é seu regente e os dragões de todos os elementos são seus companheiros de jornada celestial.

SOMBRA/DESAFIO: quando fora de si, é tomada por uma ira caótica, que incendeia e destrói tudo ao redor, seguido de um arrependimento profundo e sentimento de culpa quase irreversível.

PODERES: controlar o fogo, motivar e inspirar as pessoas ao seu redor com sua fé.

ÓLEOS ESSENCIAIS (FENNY): pimenta-negra

ÓLEOS ESSENCIAIS (FLAMME): benjoim

FENNY

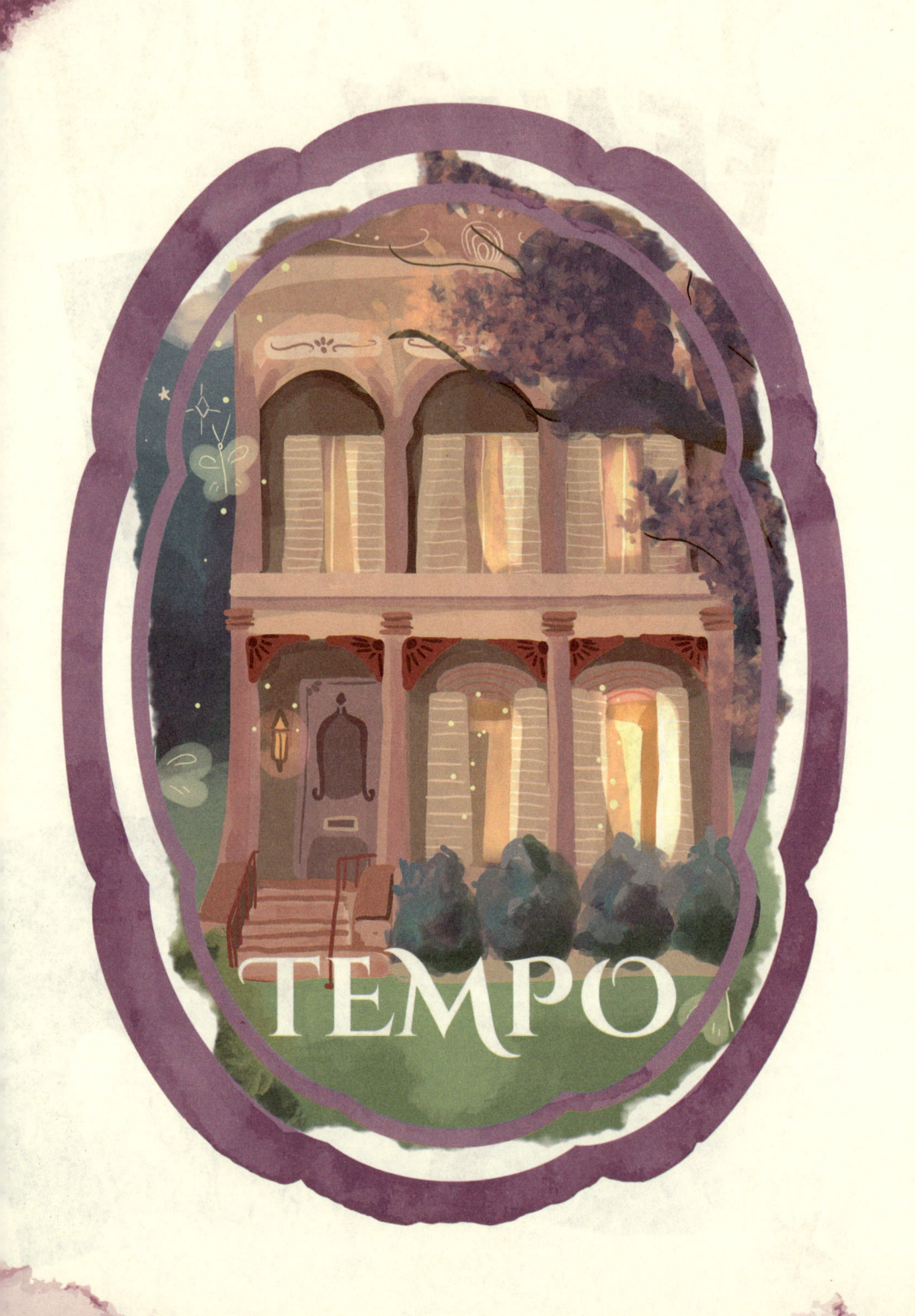

TEMPO

Mais tarde, Verônica criou o grupo AGE (As Guardiãs Elementais).

— Gente, não consigo relaxar, tive até crises de ansiedade... E só tenho terapia na semana que vem...

— Amiga, eu também. Já até tentei meditar, coloquei aqueles mantras e frequências que a Estelar me mandou ontem pra relaxar, mas nem meditação guiada tá rolando... Tirei tarô e só vem as cartas da Lua e do Sol para tudo o que estamos vivendo! Simbólico, né?

— O que essas cartas significam?

— Pelo que vovó Arla me ensinou, elas significam que estamos diante de dois caminhos...

— Não pode existir um terceiro? Sei lá... Brincadeira, meninas, não entendo nada de cartas. Mas queria aproveitar que a Marisol ainda não está no grupo pra falar que estou preocupada com ela. Ela não parece estar bem...

— Não mesmo. Já tinha percebido isso. Mas aconteceu tanta coisa que nem tive tempo de comentar. A Marisol realmente não está bem gente, eu consigo sentir.

Fenny entrou na conversa.

— Qual a novidade? A Marisol nunca está bem!

— Tenho que concordar...

— Eu sei, mas como nenhuma de nós sabe o que está se passando??? Que tipo de amigas nós nos tornamos? Gente, isso é sério, nossa amiga não tá bem. Quando eu tive crises de ansiedade, todas vocês vieram me ajudar, inclusive a Marisol!

Verônica parecia não acreditar como ela e as amigas tinham deixado isso acontecer.

— Estelar é a que mais conversa com ela. Você não sabe de algo?

— É queeee... 😅

— Pode ir contando, Estelar!

A preocupação de Verônica ficava clara mesmo nas mensagens.

— Vocês viram que ela até apagou o Instagram?

— SIM! Eu vi! Ela ficou doida? E as músicas dela?

Fenny mal podia acreditar.

— Gente, calma! Parem de julgar. A gente não sabe o que ela está passando...

Tentei acalmar os ânimos da conversa.

— Sim, às vezes ficar longe das redes está fazendo bem para a saúde mental dela. E tá tudo bem, gente...

Ariane era nova no nosso grupo, mas sempre tinha um comentário pertinente para fazer. Cada segundo em sua companhia, me fazia gostar ainda mais dela.

— A Ari está certíssima... Hello, gente, saúde mental não é brincadeira, e a gente sabe o quanto as redes sociais podem ser tóxicas e acabar com a nossa autoestima. Se você não estiver bem com você mesma, é preciso tomar cuidado com a pressão de estar sempre on-line... Mas o que você ia contar, Estelar?

Tereza escrevia tão bonito.

Eu acho que ela está num relacionamento tóxico! Pronto, falei!!! Tchau.

Estelar parecia desconfortável com a situação.

— Como assim "acha"?

— É! COMEÇOU, TERMINA!

— RT na Fenny! Nunca passou frio, tá sempre coberta de razão, hahaha.

— Ela deu repost em um tweet que falava sobre isso.

Estelar enviou um print para as meninas.

— Vamos perguntar o que está acontecendo com ela em vez de ficar supondo coisas… Que tal?

Tereza sempre sendo a mais prática de nós.

— Eu já tentei, não adianta.

Chateada, já tinha me dado por vencida nas inúmeras investidas que já tinha dado com Marisol.

— Gente, minha internet tá ruim, a de vocês também?

— Horrível, minha operadora não pega direito aqui nessa cidade.

Fenny reclamou.

— Tive uma ideia! Não tô conseguindo dormir mesmo… Venham todas aqui pra casa e a gente usa o meu Wi-fi para investigar e stalkearmos juntas. Quem sabe a gente consegue descobrir algo?

Sim, o sinal de internet de Allfair é péssimo. Sim, a Verônica é a mais conectada e moderna de todas nós! Ela é vidrada em tecnologia. Sim, ela tem uma Alexa, um Apple Watch e um Insta com feed lindo! E, sim, eu adoro que o nosso grupo tenha um pouco de tudo. Isso é o que o torna tão único.

Verônica era influenciadora e um pouco de tudo ao mesmo tempo — ela já até fez um vlog mostrando a nossa cidade e um dia com todas nós no seu canal. Ela tinha tudo para ser aquele tipo de garota que vive uma vida perfeita dentro da sua bolha e, por isso, não tem consciência de classe e de realidade, mas a Vê não era assim. Ela era uma garota pequena, mas com um coração gigante.

Ela se importava com tudo e todos e ficou conhecida na internet por mobilizar campanhas para atuar em causas, ajudar ONGs e pessoas. E tudo isso sempre partia do coração dela.

Ela mostrava que é possível, sim, existir influenciadoras que falam de assuntos que não nutrem apenas elas mesmas, mas que realmente tenham impacto no mundo. Aprendi isso observando a maneira como a Verônica lidava com tudo aquilo de forma leve e, óbvio, com muita terapia, até porque a gente sabe o quanto a internet também pode ser tóxica.

Ao entrar na casa da família dela em Allfair, não me impressionou ver uma paixão por ametistas e flores de lavanda, além de toda a decoração em tons claros e lilás. Sua avó, Nayra, tinha um gosto impecável.

Já era noite e precisávamos descobrir logo o que estava realmente acontecendo com Marisol. Entramos no quarto de Verônica e me senti em uma realidade paralela, completamente fora de Allfair.

Ela tinha uma *ring light* e uma câmera em cima de sua penteadeira. Tudo a cara dela, com toques de rosa e roxo espalhados pelo quarto.

Ela já entrou dizendo:

— Alexa, tocar *7 Rings*, da Ariana Grande.

Depois de baldes de pipoca, teorias, doces e fuçar nas redes sociais e no YouTube, pesquisando sobre relacionamentos tóxicos e tentando ver as redes que ainda estavam abertas da Marisol, Ariane viu o pior:

— Gente, mas como a Marisol aguenta namorar o babaca do Léo? Olha a última foto que ele postou... É com aquela outra garota que ele dizia ser "amiga" e olha a legenda. — comentou Ariane.

— Considerando o que ela falou sobre o que o Léo fazia com você, acho que ela não deve estar mais com ele... Ela sempre passava pano pra ele, mas acho que ela tá caindo na real — opinou Tereza.

— Achei um tweet que ela curtiu há duas semanas. É uma foto dele com o Thiago e o JP, o trio problema — disse Vêronica.

— Argh, esses garotos! — Fenny respondeu.

— Tô vendo aqui que ele assumiu um namoro com essa garota... Mas, quando falei com a Marisol há duas semanas, eles ainda estavam superjuntos. Inclusive, parece que foi ele que não deixou ela vir a Allfair. — Estelar parecia confusa.

— Como assim não deixou??? — berrou Fenny.

— Gente, não vai contar, hein? Mas, na semana passada, ela disse que ele tinha ciúme que ela passasse esse tempo de férias aqui com a gente e que ele não queria vir porque não gostava dessa cidade chata e parada. Fiquei bem chateada, mas ela dizia que ele não falava sério, que era o jeito dele, então, comecei a pensar que ela talvez estivesse num relacionamento tóxico — disse Estelar.

— Olha, eu não acho, eu tenho certeza... — afirmou Tereza.

— Talvez seja por isso que a avó da Estelar pediu para conversarmos com a minha avó sobre esse assunto. Vou voltar para casa para tentar descobrir mais coisas para nos ajudar! — comentei, tentando confortar os corações das meninas.

— Pelo amor de Deus!!! Eu quero ir também! ME LEVA! — Verônica já foi levantando.

— Sim, Fernanda, a gente quer ir também! — disse Ariane, agora flutuando em pulinhos, aprendendo a controlar sua magia. — UOOOOW!

— Amanhã, quando acordarmos, vamos todas à casa da Dona Ariel — Estelar sugeriu.

Já estava ficando tarde e, na hora de ir embora, a avó de Verônica, Nayra, nos encontrou e sorriu ao perguntar:

— Já começou, né, garotas? Podem me contar — disse a avó de Verônica, sorrindo para todas nós, como se já tivesse vivido tudo aquilo que estávamos prestes a experienciar.

— Sim, vovó! — concordou Verônica.

— Onde está a sétima? — perguntou a avó.

— Ela não está em Allfair — respondi.

— Então, corram, porque logo o equinócio se aproximará e vocês precisam se alinhar a tempo para conseguir abrir o portal. Se precisarem de algo, contem comigo! — disse Dona Nayra, tão simpática.

— Ah, e eu preciso de uma Alexa! Amei! Hahaha! — gritou Fenny, brincando.

Todas caímos no riso.

TEMPO

ELEMENTAL: Velocy

IDADE: 17 anos

CORES PREFERIDAS: lilás e roxo

SENTIMENTOS: resiliência e perseverança

CHACRA: coronário

SIGNO: Aquário

CRISTAL: ametista

MÚSICA: *Breathin*, Ariana Grande

SÉRIE OU FILME: *Wifi Ralph* e *Big Hero 6*

COMIDA PREFERIDA: pizza

SONHO: usar sua influência para o bem.

DOM: aceleradora de curas quânticas. Viajante da linha do tempo existencial.

ATRIBUTOS: intuição via insights, vê os acontecimentos através de sua tela mental de forma precisa, com a tecnologia universal. Como Guardiã do Tempo, é atemporal, navegando entre passado, presente e futuro. Tem acesso aos registros Akáshicos de toda a humanidade.

SOMBRA/DESAFIO: seu maior desafio é se submeter às leis do tempo. Desvitalizada, pode querer acelerar os feitos e os acontecimentos para benefício próprio, desequilibrando toda cadeia existencial, gerando o caos. Pode se perder entre as viagens atemporais, ficando à deriva entre as galáxias, inconsciente.

PODERES: além da supervelocidade, é capaz de prever o futuro.

ÓLEOS ESSENCIAIS (VERÔNICA): lavanda francesa

ÓLEOS ESSENCIAIS (VELOCY): immortelle

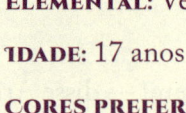

VERÔNICA

SOM

Fui para casa e entrei direto no banho. De certa forma, a água sempre me tranquilizava, não importa como, seja em uma garrafinha cheia para dar longos goles durante uma tarde agitada; seja uma rápida garoa de verão que vem, traz frescor e deixa um lindo arco-íris; ou até mesmo uma longa chuva no inverno, que faz todos ouvirem o mesmo som das gotas no asfalto e nos vidros. Da mesma forma, a água do banho sempre me ajudou a colocar todas as ideias no lugar. Ou quase.

Era tanta coisa para assimilar, mas algo em mim dizia que tudo aquilo fazia sentido. Essas reflexões me ajudam a clarear meus pensamentos, e é por isso que meu banho é tão sagrado.

Minha avó, ao saber que as garotas viriam no dia seguinte, me chamou para fazermos massas de biscoito. Fazia tempo que não ficávamos juntas, só nós duas. Costumo ficar mais com as meninas quando estou aqui e, às vezes, acampamos por dias, mas vovó e eu sempre nos juntamos para cozinhar em algum momento.

Esse era um desses dias. Ela já fazia assim com o vovô: colocava a música *Caribbean Blue*, da Enya, para tocar enquanto eles cozinhavam.

Por mais que o vovô fosse famoso, nossa família sempre foi muito simples. Ele doava quase tudo o que ganhava com as vendas dos livros para ajudar na preservação do meio ambiente. E tudo o que meu avô havia deixado para a vovó era a casa da praia e seu barco antigo. A nossa família nunca se importou muito com dinheiro. É verdade que nunca nos faltou nada e sempre fomos muito gratos por tudo o que tínhamos, mas vovó sempre soube empreender e administrar o que meu avô havia deixado, especialmente a casa da praia, que ela alugava aos finais de semana para turistas, o que ajudava a vovó a segurar as contas da casa.

— Fê, me passa as gotas de chocolate, por gentileza — disse vovó Ariel.

— Sim, vovó! — respondi, empolgada.

— Obrigada. Agora, diga: o que as meninas vêm fazer tão cedo aqui? — ela perguntou, embora parecesse já saber a resposta.

Mostrei o meu colar para ela, que me olhou serena.

— Então, começou?

Eu respondi que sim com a cabeça e ela sorriu.

— Achei que a lenda das Guardiãs Elementais havia sido esquecida pela sua geração, mas fico feliz de ver que está viva. Tem um conto de seu avô sobre elas, que tal lermos amanhã?

— Ebaaa!!! — comemorei mais por dentro do que por fora.

Em seguida, peguei o celular para contar a novidade às meninas. Todas amaram e, logo depois, peguei no sono.

Estava sentada com as garotas tomando o café da manhã que minha avó havia feito quando começou a chover. Uma tempestade vinha se aproximando, e o céu começou a fechar.

De repente, meus olhos ficaram marejados e algo tomou conta de mim. Quando percebi, um furacão se aproximava de casa junto de uma onda gigante!

Acordei e gritei:

— TSUNAMI!

As meninas foram chegando aos poucos, enquanto vovó e eu colocamos a mesa do café da manhã, cheia de pães de queijo caseiros, inclusive com alguns veganos, já que Tereza e Estelar não comiam nada de origem animal.

O cheiro estava delicioso.

Minha avó se acomodou junto a nós, no jardim.

— Que lindo ver vocês todas juntas. Em um mundo no qual tentam separar as garotas, é reconfortante encontrar um grupo como o de vocês. — Vovó sorriu. — Prontas para ouvirem uma história?

Todas assentimos com a cabeça, animadas em descobrir mais um pouco sobre a lenda.

— Minha avó e nossas ancestrais tinham a tradição de praticar meditação toda manhã. Sabe, nem sempre eu conseguia... Era mais difícil naquela idade, você quer fazer tudo, menos meditar... Mas, naquela manhã, foi diferente. Acordei e decidi que iria meditar, enquanto via o sol nascer da praia sob a linha do mar. Ao chegar, pude notar que havia alguém desmaiado na areia. — Vovó contava calmamente.

As meninas e eu nos entreolhamos, mas não dissemos nada. Não queríamos interromper a vovó.

— Tinha apenas dezoito anos, e aquela manhã mudou toda a minha vida completamente. Eu me aproximei daquele homem estendido na areia, que parecia estar desidratado e completamente fora de si. Ele aparentava ter uns vinte e poucos anos e estava respirando. Corri em busca de ajuda. Eu morava de frente para o mar, então chamei minha avó, que logo veio, pegou o garoto e cuidou dele por alguns dias até que melhorasse. Eu a ajudei a cuidar daquele jovem navegante, que, aos poucos, foi se recuperando. — Vovó nos encarava com um olhar doce. Cada palavra ressoava com intensidade dentro de cada uma de nós, especialmente em mim.

— Ele era só um pouco mais velho do que eu. — Vovó respirou fundo e continuou a falar: — Ele era diferente. Seus cabelos eram dourados e faziam ondulações antes de acabarem na altura dos olhos, que eram grandes e bem esverdeados. Mas não era um verde comum: em alguns momentos, ficava um verde-escuro, que lembrava o mar de inverno; em outros, ficava verde-claro, que lembrava as palmeiras que rebatem o sol dourado do verão...

Ficamos surpresas com a forma que vovó estava se referindo ao meu avô. Ela nunca havia me contado essa história com tantos detalhes; eu pude sentir muito amor em suas palavras. E ela percebeu o que estávamos pensando.

— Esse sentimentalismo todo é uma característica das Guardiãs da Água, meninas. Geralmente somos muito sensíveis, o que nos torna seres repletos de sentimento, intensidade e poesia pura. — Mas acho que, nesse caso, deu para perceber que eu estava muito apaixonada. — Ela riu. — Nessa época, já havia me tornado uma Guardiã Elemental. Nós éramos sete, e vocês conhecem todas: Ofélia, avó da Tereza; Estrela, avó da Estelar; Arla, avó da Ariane; Nayra, avó da Verônica; Bell, avó da Marisol; Lumia, avó da Fenny; e eu, Ariel Acqua, avó da Fernanda. Com a idade de vocês, todas já éramos Guardiãs.

— Mas por que nossas mães não se tornaram guardiãs também? — questionei.

— As mães de vocês vieram de outra geração — continuou vovó Ariel. — Elas nunca se interessaram pelas histórias do seu avô ou pelos estudos da magia da luz. Acompanharam durante a infância, mas com a TV e toda a tecnologia que foi chegando, preferiram fazer coisas "de jovens". — Ela fez aspas com as mãos. — Saíram da cidade e logo já estavam na faculdade. Somente a nossa geração permaneceu, mantendo viva a memória da Lenda das Guardiãs Elementais.

— Mas e as mães de vocês, nossas bisavós? — perguntou Estelar.

— É uma longa história... Mas acalmem as perguntas, eu sei que são muitas e que tudo é novidade para vocês, mas também sei que vocês vieram aqui por um motivo. Irei ler um pedaço do diário do avô de Fernanda que guardei. O começo está na seção secreta da biblioteca, e é um trecho que ainda não foi lido por ninguém.

As meninas e eu trocamos olhares, e uma sabia o que a outra estava pensando: nós tínhamos visto o começo daquela história na noite retrasada, na biblioteca, mas era melhor não falar nada naquele momento... Então, tinha sido a minha avó que tirou aquela página do livro que estava na biblioteca.

A garota de olhos azuis, da cor do oceano e com cabelo loiro-claro chamou muito a minha atenção.

O segundo cristal ~~era~~ era a pedra água-marinha e pertencia à Elemental da água. Ela tinha os olhos azuis mais lindos que já vi. Ela se aproximou de mim e disse:

— O mar trouxe você até aqui por um motivo. Faça com que essa lenda continue viva em todos os corações.

Antes que ela partisse, perguntei:

— Qual o seu nome?
— Você saberá.

Vovó me olhou e continuou.

— Tem algo que nunca contei para ninguém: eu já conhecia seu avô no dia que o encontrei na praia. Vocês se lembram que eu disse que já era uma Elemental naquele dia? Eu havia me transformado pela primeira vez recentemente, e quis treinar meus poderes sobre as águas. Em meio ao oceano, acabei encontrando aquele doce marinheiro, perdido. Entrei em seu barco, dei um pouco de água a ele e contei sobre a lenda das Guardiãs. Talvez, ao amanhecer, ele pensasse que tudo tivesse sido um sonho. Mas não foi o que aconteceu. Pela manhã, ao ver que ele havia naufragado em nossa ilha, levei um susto: como ele conseguiu chegar ali? Fui correndo contar para minha mãe, que sorriu e disse: *Tome cuidado, Ariel. Elementais da água costumam atrair navegantes e se apaixonam facilmente por eles, mas, se não cuidarem de seus sentimentos, podem acabar sendo drenadas.*

As meninas e eu estávamos vidradas na história que minha avó estava contando.

— Foi assim que acabei, sem querer, atraindo e me apaixonando por seu avô. — Vovó Acqua olhou para mim. — Havia acabado de me tornar a Elemental da água. No começo, tudo parecia mágico, quase um sonho, mas, conforme o tempo foi passando, me sentia dividida e em conflito interno. Eu precisava dar atenção aos meus deveres e desenvolver meus poderes como Guardiã Elemental, mas eu só conseguia pensar nele… — Vovó mantinha o olhar doce, enquanto falava. — Ele percebeu a minha confusão e me disse que esperaria o tempo que fosse necessário. Mas, algumas semanas depois, brigamos e ele sumiu por três dias. Fiquei muito mal. Uma Elemental da água já é dramática, mas pense que, para mim, era o fim do mundo.

— Sempre achei nossa família um tanto quanto dramática mesmo. — Sorri para a vovó.

— Exatamente. — Ela sorriu de volta. — Aquilo foi crescendo em mim, acabei me tornando um monstro e entrei em contato com meu lado obscuro Elemental.

— Lado obscuro? — Verônica perguntou.

— Sim. Quando algo não está bem, o seu elemento interno enfraquece e você começa a perder a sua magia Elemental. Podem ser vários os motivos: pensamentos negativos, tanto os seus quanto o de outras pessoas, inseguranças, relacionamentos tóxicos... O coração de uma Elemental é de onde vem sua inspiração e, por isso, é tão importante cuidar dele — explicou.

Todas nos entreolhamos e certamente pensávamos a mesma coisa: Marisol.

— Tive que cuidar do meu coração e me abrir com o seu avô. Ele me entendeu e acabou se tornando um dos maiores protetores da lenda das Guardiãs Elementais. E acho que é por isso que a avó da Estelar me ligou preocupada. Ela percebeu que algo estava errado com a guardiã do som — vovó continuou.

As meninas e eu nos olhamos mais uma vez, e vovó nos encarou, séria.

— Agora me contem, o que vocês sabem?

Marisol é a artista do grupo. Desde pequena, montava peças para atuarmos, adorava fazer DIY e tem a voz mais linda que já tive o privilégio de ouvir. Ela é absurdamente gentil e fofa, e sempre consegue se expressar por meio de suas músicas.

Mas, mesmo assim, desde muito nova sempre teve diversos problemas e dificuldade em lidar com questões dentro de si, além de apresentar quadros de ansiedade. Por isso, as meninas e eu nos revezamos durante toda a adolescência para tomar conta dela e servir de ombro quando ela precisasse — para isso servem as amigas, não? E é aí que entra a música! Cantar é a coisa que ela mais ama fazer na vida. É algo curativo para Marisol.

Ela costumava postar covers no YouTube, e muitas pessoas a seguiam para acompanhar o seu trabalho, mas, desde que começou a namorar, sumiu de tudo... Até das nossas vidas.

Rapidamente, Verônica respondeu à pergunta que minha avó nos fez:

— Estelar comentou algo sobre ela estar em um relacionamento tóxico.

— É verdade — concordou Fenny.

— Vovó, ontem à noite ficamos algumas horas procurando pistas na internet e descobrimos que o ex dela, que era absurdamente controlador e claramente tóxico com ela, já está namorando de novo… Sendo que até duas semanas atrás eles estavam juntos.

— Acho que a sua avó sabe como ajudar… — disse Tereza, apontando para a vovó.

Quando olhamos, a vovó estava puxando cada gota de água existente naquela sala, de xícaras, copos e até vasos de flores, criando uma bolha de água ao redor dela. Nunca havia visto aquilo.

Ela estava usando o seu poder de Elemental de uma forma mágica e única diante de nós.

— Gente, eu amei! Que demais esse poder! — Estelar a encarava com espanto.

— Que coisa estranha! Como ela está respirando? — Fenny parecia não acreditar.

— Estranho? Mais do que tudo isso que está acontecendo em nossas vidas, mulher??? — brincou Ariane.

— Gente, ela está meditando para encontrar a resposta dentro dela. Podíamos fazer o mesmo — respondi.

Foi quando vovó voltou a si e disse:

— As Elementais da água podem acessar os sentimentos, mesmo a distância, e senti que ela não está bem. Uma Elemental do som, quando fica mal, não é um bom sinal.

— Olhem! O Instagram dela voltou! Ela postou stories. — Verônica estava com o celular nas mãos.

— "Pessoas nunca mudam" e, de fundo, tá tocando uma música da Olivia Rodrigo... É uma indireta? — Estelar indagou.

— ÓBVIO! Você nunca prestou atenção nas letras das músicas dela? — questionou Verônica, como se aquilo fosse um crime federal.

— Acho que é para o boy... — Fenny concluiu.

— Gente, vamos tentar ligar de novo e conversar com ela — perguntei, puxando o celular.

— Acho que vocês já ligaram, e ela insiste em dizer que tá tudo bem. — Ariane disse.

— E se falarmos com alguém próximo a ela? — Verônica interrompeu.

— Vamos falar com a vó dela! A gente poderia aproveitar e comer, já que ela tem a melhor lanchonete vegana dessa cidade! Hmmmmmm... — Deu até pra ouvir o estômago de Tereza roncando.

— Não percam mais tempo. Vocês precisam assumir o compromisso juntas e unir as suas pedras para conseguirem se transformar... — Vovó parecia muito preocupada.

— Mas o que vai acontecer se ela não vier? E se ela não quiser? — Fenny andava de um lado para o outro.

— É uma escolha dela. Negar seus poderes não significa que eles vão desaparecer. O portal sempre acontece para selar a metamorfose das Guardiãs. E o equinócio equilibra a entrada de luz solar, fazendo com que as Guardiãs canalizem essa energia para o planeta Terra e seus habitantes. Elas devem passar todos os portais juntas. Caso isso não aconteça, a natureza tende a perder seu equilíbrio definitivamente, e as Guardiãs podem deixar de existir. Mas não pensem nisso agora. Por que vocês não vão à lanchonete da avó dela atrás de informações? — vovó Ariel sugeriu.

Aquilo tudo parecia tão fora da minha realidade: todas as minhas amigas ali, sentadas bem na minha frente, com a minha avó compartilhando sua história e conhecimento de uma forma tão linda. Desejei do fundo do meu coração que Marisol estivesse aqui.

SOM

ELEMENTAL: Sonora

IDADE: 17 anos

CORES PREFERIDAS: preto, branco e amarelo

SENTIMENTO: intensidade

CHACRA: laríngeo

SIGNO: Escorpião

CRISTAL: turmalina negra

MÚSICA: *Transforma(dor) 2.0*, Mariana Nolasco

SÉRIE OU FILME: *Euphoria*

COMIDA PREFERIDA: salada

SONHO: gravar um videoclipe e tocar o mundo com a sua arte.

DOM: regeneração. Decodificar frequências

ATRIBUTOS: a música é a magia do som, que equaliza e ajusta as frequências em qualquer situação, elevando-as. Tem domínio de todos os instrumentos musicais e qualquer manifestação artística como forma de expressão. Encanta ao emitir os sons do universo por meio de seu chacra laríngeo, e todo núcleo atômico é receptivo ao seu dom.

SOMBRA/DESAFIO: quando desvitalizada, cai para a frequência do medo do que não compreende. Quando se perde no equilíbrio entre lua e sol, torna-se um ser abismal, que cria a ilusão de ser destrutiva e não merecedora de seus talentos. Dessa forma, se isola em reinos sombrios, para não ser encontrada.

PODER: controla a vibração do ambiente, possui grito sônico e abre os portais.

ÓLEOS ESSENCIAIS (MARISOL): patchouli

ÓLEOS ESSENCIAIS (SONORA): neróli

MARISOL

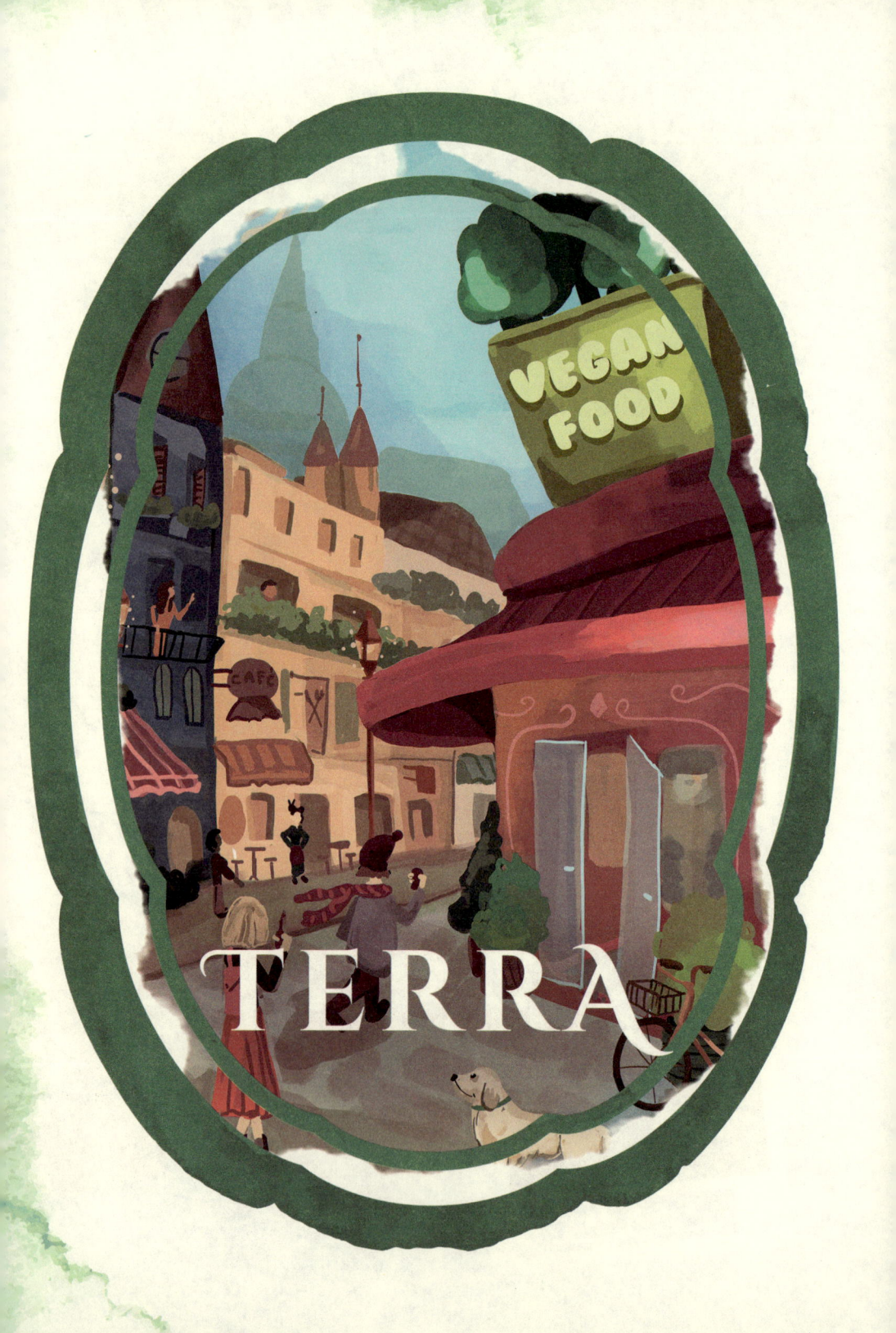

TERRA

Bell, a avó de Marisol, sempre foi a dona dos quitutes mais gostosos de Allfair. A coisa cresceu tanto que se tornou uma lanchonete incrível, que faz com que eu me sinta em um daqueles espaços fofos de série americana.

— Que dia lindo! — disse Estelar, toda animada ao nos encontrar sentadas.

— Eu amo este lugar porque tem opções veganas! — comemorou Tereza.

— Vamos pedir logo? — Verônica perguntou.

— Vamos, tô com fome. — Fenny levantou as mãos. — Ô, moça, por favor?

— Nós não viemos aqui só para comer, né? — Ariane interrompeu.

— Oi, Dona Andréia! — gritei, acabando com a discussão das meninas.

Andréia era a mãe da Marisol. Tão linda quanto a filha, irradiava beleza em seu olhar.

— Oi, meninas! Como vocês estão? — Acho que me esqueci de mencionar que, além de linda, Andréia era incrivelmente educada.

— Cadê a Marisol? — perguntou Verônica, demonstrando ansiedade.

— Ela está no quarto. Esses dias ela não está muito bem e tem ficado trancada. Achei que vocês soubessem... Não sei mais o que fazer. Já tentei de tudo.

— Como assim no quarto? Aqui na cidade??? — gritamos juntas.

— Sim. Por quê? — Andréia se surpreendeu com nossa pergunta.

— É... nada... E onde está a Dona Bell? — questionou Estelar, procurando pela avó de Marisol.

A mãe da Marisol estranhou nossa pergunta, mas, mesmo assim, respondeu.

— Está em casa cuidando da Sol. Por que vocês não passam lá e tentam tirá-la daquela *bad*?

— Vamos, meninas! — Estelar já estava se levantando.

— Mas meu hambúrguer veggie acabou de chegar... — Tereza segurava o lanche, pronta pra dar a primeira mordida.

— Coma no caminho. Vamos atrás da Marisol! — Estelar disse já saindo da lanchonete.

Todas seguimos Estelar, Tereza com seu hambúrguer nas mãos. Fomos praticamente correndo em direção à casa da avó de Marisol. Apertamos a campainha, e Dona Bell saiu para nos atender. Ela era um encanto, uma artista nata.

— Achei que não viriam nunca. Que bom que estão aqui. Venham, entrem. — E abriu o portão, com seu avental cheio de margaridas amarelas.

A casa de madeira da avó da Marisol era toda rodeada de flores do campo. Do outro lado da porta principal, fica a sala de visitas, onde a avó da Marisol mantinha um lindo piano, posicionado na parede oposta à lareira. Era disso que eu me lembrava sempre que ia lá.

— Dona Bell, a Marisol nos disse que não estava aqui na cidade... Estamos muito preocupadas com ela — Estelar interrompeu meus pensamentos.

— Ela está, sim, mas está trancada no quarto desde que chegou. Acho que ela vai gostar de ver vocês.

Nós nos amontoamos em frente à porta dela para espionar ou pelo menos ouvir alguma coisa. Acabei me desequilibrando e todas caímos bem em frente ao quarto dela. Ela percebeu e, rapidamente, se escondeu nas cobertas. Então, nós entramos.

— Você estava em Allfair esse tempo todo? — Estelar foi direto ao ponto.

— Eu não acredito que você mentiu para nós! — Fenny acabou soltando um grito.

— Calma, gente! Como você está, Marisol? — perguntei a ela.

Ela continuou ali, deitada, com um vazio no olhar.

— Olha, não estamos bravas por você ter mentido para nós... — Estelar se sensibilizou com a tristeza de Marisol.

— E também por me fazer gastar meu 3G te ligando por vídeo... — completou Verônica.

— Shhh, Verônica! — repreendeu Ariane. — Assim vocês vão deixar a Marisol ainda mais chateada.

— Gente, eu tô escutando... — sussurrou Marisol.

— Marisol, nós somos suas amigas, lembra? — Tereza sentou ao seu lado.

— E você pode se abrir com a gente. — Sentei do outro lado.

Marisol ficou com os olhos cheios de água, e algumas lágrimas escorreram pelo rosto dela.

— Eu sei, me desculpem.

— Não precisa se desculpar. E se não quiser falar, tudo bem... Só queremos ver você bem. — Estelar enxugou o rosto da amiga.

— Mas, se quiser contar, não tem problema também. — Fenny soltou em tom de brincadeira.

— Gente! — Tereza chamou a atenção.

— É que tudo o que estou sentindo vai parecer tão bobo perto do que vocês estão vivendo...

— Claro que não. As pessoas passam por situações diferentes, e nunca devemos menosprezar nossos sentimentos nos comparando com outras pessoas. Cada um sente de um jeito — Ariane respondeu.

— Sim, por exemplo, eu tenho passado por muitas transformações desde que o vovô morreu. Tenho visitado sentimentos muito profundos e negativos dentro de mim, mas, ao mesmo tempo, também tenho entendido que eles estão ali por um motivo, e cabe a mim encará-los. — Aproveitei o gancho da Ari para me abrir com minhas amigas. Era bom desabafar com elas.

— A mesma coisa aconteceu comigo quando me assumi pan e meus pais não souberam lidar no começo. Fiquei dois meses no quarto trancada, pensando que eu era um ser quebrado, com algum defeito. Só tive coragem de sair do quarto com a ajuda de vocês, que me aceitaram e não deixaram que eu me rendesse àquele sentimento. E olha como estou hoje! Nunca vou me esquecer daquele dia que você, Marisol, percebeu o quanto eu estava triste e cantou para mim. — Fenny tentou disfarçar, mas dava para perceber seus olhos marejados. Tereza, que estava ao seu lado, a abraçou com força.

— Isso mesmo, Marisol! Todo mundo passa por problemas e desafios…

— Até você, Estelar? Você é tão incrível… — Marisol olhava com carinho para a amiga.

— Você está enganada, Sol. A verdade é que por mais que as pessoas gostem de mim ou estejam ao meu lado, sinto que nunca sou boa o suficiente para merecer tudo isso. Daí, começo a diminuir quem eu sou, por conta das minhas inseguranças… — Estelar sempre teve dificuldade de falar de suas inseguranças. Esse era um importante passo pra ela. — Além disso, prometemos apoiar umas às outras acima de qualquer coisa. Lembra? É por isso que estamos aqui. — Ela sorriu para Marisol.

Todas encaramos Marisol, que agora parecia mais leve, e concordamos com o que Estelar havia dito. Ela tinha esse dom mágico de fazer com que todas ficássemos na mesma página.

— Recentemente, descobri mais uma mentira do Léo… Ele disse que ia viajar com a família, mas foi viajar com uma ex-namorada. Na verdade, essas mancadas dele aconteciam com frequência, mas nunca consegui terminar de fato. Parecia que eu estava sendo drenada, andava triste, mas sentia que só ele poderia me fazer feliz. — Marisol parecia tirar um peso enorme dos ombros a cada palavra que dizia. Verônica a abraçou com carinho. — Acabei me isolando de todos. Foi quando assisti ao vídeo de uma youtuber que fala sobre o que caracteriza um relacionamento abusivo. E, então, percebi que não se tratava de amor, era um relacionamento tóxico, e eu estava romantizando tudo isso. — As lágrimas rolavam no rosto de Marisol.

— Estamos aqui para te dar apoio, Marisol. — Verônica enxugou suas lágrimas.

— Obrigada... — Ela respirou por um momento e continuou. — Depois dessa mentira, pedi um tempo para mim. Mas depois de dez dias, ele assumiu o namoro com essa ex que ele estava viajando enquanto ainda estava comigo... Ele poderia ter falado a verdade... Tem sido difícil porque ainda gosto muito dele, mas, ao mesmo tempo, percebi que preciso gostar mais de mim. — Marisol parecia se acalmar à medida que se abria.

Nós estávamos em silêncio, apenas ouvindo o desabafo de Marisol. Era tão incrível vê-la se libertando daquela prisão, colocando tudo para fora e amadurecendo, mesmo que fosse difícil. Externalizar é o primeiro passo para superar. Todas nós já havíamos passado por problemas, mas sempre nos ajudamos a sair dos momentos difíceis. Só que desta vez era diferente. Marisol havia se isolado, desaparecido de nossas vidas. Não sabíamos mais como ela estava.

— Aos poucos, estou melhorando. Comecei a fazer terapia e até escrevi uma música sobre isso, tô me sentindo a própria

Taylor Swift. O mais importante que aprendi com tudo isso é que, ao entrar em um relacionamento, nunca fique longe de seus amigos. E se qualquer relação fizer com que você se sinta mais mal do que bem, identifique o motivo de se sentir assim, tente conversar e resolver, mas, caso não funcione, termine. Obrigada por estarem aqui, amigas!

Marisol se sentou na cama com as pernas cruzadas e olhou para nós. Aquela era a Marisol que nós conhecíamos.

Nós a abraçamos emocionadas.

— Estou cansada de pensar que preciso de um cara — continuou Marisol.

— Mas não existem só "caras" no mundo... — completou Tereza, sorrindo.

— Não é só homem que dá trabalho não, tá? — Fenny deu risada.

— Tô aqui para concordar, relacionamento é algo difícil. E, embora seja mais fechada e esteja chegando agora, saiba que você também pode contar comigo! — Ariane já se sentia parte do grupo. E as meninas concordavam.

— Obrigada, meninas... É que, sei lá, às vezes queria parar de achar que preciso ter alguém. Só queria ter meu espaço para ser apenas eu, sozinha.

— E quem disse que você precisa de alguém? — perguntei.

— Sei lá… Meu coração? Meu corpo? Meus hormônios? Os filmes? As séries? As redes sociais? As músicas? Os livros? — Marisol deu uma risadinha para mim. — Como posso ser tão tola em assuntos do coração? Sempre querendo alguém que me complete quando a verdade é que estou vazia de mim mesma.

— Ei, você não está vazia e muito menos sozinha. Você tem todas nós, e trouxemos um presente para você! — Estelar colocou o colar de Marisol no pescoço da amiga.

— O meu cristal não brilha, deve ser culpa minha… Desculpe ter escondido de vocês o que eu estava passando. Só estava com raiva de mim por ter sido tão burra. — Os olhos de Marisol marejaram novamente.

— Tudo serve como aprendizado. — Tereza sempre tinha algo sábio para compartilhar.

— E você pode usar esses aprendizados para voar — Ariane completou.

— E não repetir o erro, miga! — Fenny falou sorrindo.

— E saber em que investir o seu tempo — Verônica pontuou.

— E canalizar sua energia e magia — Estelar disse.

— Tomara, porque não quero voltar a sentir tudo aquilo novamente. É horrível! — Marisol acariciava a gatinha, que dormia tranquilamente em seu colo.

— Você não vai voltar. — Estelar tranquilizou a amiga.

Enquanto elas conversavam, a minha mente começou a divagar, imaginando uma Guardiã do Som perdida…

E, de repente, tive uma visão da lua. Era como se nunca houvesse dia. Em seguida, vi um vale cheio de rochas e areia do deserto. A luz da lua refletia nas pedras e uma sombra pairava pelo lugar. Era uma Elemental perdida. Ela cantava com melancolia e tudo o que a vibração da voz dela encontrava, morria.

Voltei para mim!

— Você vai ficar bem, Marisol! Nós vamos cuidar de você. Mas, agora, a gente precisa se preparar para o ritual que ativará nossos cristais. O Portal da Primavera está chegando. Precisamos consertar seu cristal. — Levantei, e as meninas foram me acompanhando.

— Conheço alguém que pode nos ajudar! — disse Tereza.

Tereza seguia os ensinamentos de sua avó, que era herbologista, mas ela levou esse foco para o autocuidado, criando receitas e dicas incríveis de cremes de beleza e skincare feitos com produtos naturais, que não causassem impactos negativos ao meio ambiente e que cuidassem dos animais, protegendo-os de testes. Ou seja, Tereza era uma inspiração para nós por sua maturidade.

Ela também sempre esteve engajada em importantes causas. Foi com ela, por exemplo, que aprendemos que comportamentos nocivos como bullying, homofobia e racismo ainda estão muito presentes em nossa sociedade e que precisamos mudar essa mentalidade antiga, cheia de preconceitos e travas, nas quais estamos tão imersos que, às vezes, nem percebemos que precisam ser questionados e quebrados.

Tereza nos ensina todos os dias o quanto é importante respeitarmos o nosso tempo para nos descobrirmos, e que não tem problema não termos uma resposta pronta sobre quem somos apenas para nos encaixarmos em um rótulo estabelecido por outras pessoas. Até hoje, não sei o que eu sou — ou se sou algo —, e me sinto bem em não me definir ou rotular.

Ela sempre foi a base de todas nós e o nosso porto seguro. Mas o que as pessoas menos íntimas não sabem é que, por trás de toda aquela fortaleza, sempre vi a doçura do coração da Tereza, tão bom e sincero.

A avó de Tereza, Dona Ofélia, era dona da maior parte dos pomares de Allfair e da quitanda mais completa da cidade, abastecida pela horta que cultivava em sua casa. Por estudar herbologia, tinha uma estufa em sua própria mansão na floresta, pois amava colecionar flores e ervas raras. Muitos dos produtos que Tereza usava em suas receitas de skincare vinham das plantações de sua avó.

Dona Ofélia também era nossa "médica" durante as férias. Se alguma de nós ficasse doente, era para ela e seus dons de curandeira que corríamos. Ela sempre nos receitou remédios caseiros e naturais.

A medida que nos aproximávamos do portão da entrada da casa dela, diversas boas lembranças começaram a brotar em minha mente. Ali, minhas amigas e eu compartilhamos chás, quitutes e muito aprendizado.

— Até que enfim, esperei tanto pelo dia em que sete jovens garotas chegariam em minha casa. Entrem, venham... Mais cedo, as flores e as plantas me contaram que vocês viriam. Mal pude acreditar. Não achei que uma nova geração conseguiria abrir outro portal. Vamos, vou colocar água para ferver. Aceitam um chá?

— Vovó, antes a gente precisa entender o que está acontecendo com o cristal da Marisol. — Tereza apontou para o colar que ainda permanecia apagado.

Dona Ofélia bateu cuidadosamente as mãos em seu lindo macacão de jardinagem verde, apalpou o cristal de Marisol durante um tempo, colocou os óculos e o encarou, dizendo:

— São pensamentos vampíricos e negativos.

— Como assim? — perguntou Marisol.

— Vocês devem sempre cuidar de suas energias. Quando você doa mais do que tem, isso gera um canal para que pessoas ou pensamentos vampíricos drenem sua energia. Você para de se nutrir da sua própria energia e vira fonte de energia para outras pessoas. Nem sempre é proposital, isso pode acontecer sem que você perceba em amizades, relacionamentos... Até sem estar perto, apenas com pensamentos...

— Como assim sem estar perto? — Marisol se esforçava para entender.

— Não existe distância no campo das energias, especialmente quando não se está energeticamente protegido. Por isso, é sempre importante cuidar da sua energia, seja por meio de orações, pedras, cristais ou banhos de ervas. — A avó de Tereza era tão sábia... Era lindo ver que, de certa forma, Tereza havia herdado aquilo dela.

— Mas o que a gente faz para se proteger? — Estelar queria muito ajudar a amiga.

— Eleve a sua vibração — Dona Ofélia explicou.

— E como podemos fazer isso? — Verônica não conseguia esconder a ansiedade.

— Procurando pequenos hábitos e rituais que elevem seu ponto de equilíbrio.

— Mas e você, Dona Ofélia, o que você faz? — Fenny abraçou Marisol.

— Geralmente, atividades que envolvam as mãos ou alguma forma de cuidado para mim ou para alguém me colocam no fluxo de canalizar boas energias, o que acaba me curando. Mexo com plantas, cozinho ou faço alguma tarefa de casa para entrar em um estado de cuidado. Isso me ajuda muito, principalmente quando toco na terra.

— Mas e quando você está com a cabeça cheia? — disse Verônica, fazendo uma careta engraçada.

Todas rimos.

— Nada que um pouco de meditação, uma xícara de chá ou um banho de ervas não resolva. — Dona Ofélia soltou uma risada. — Vocês têm tantas perguntas, mas não há tempo. Todos os cristais devem ser energizados pelas forças da natureza, seja na terra, na água corrente ou na luz do sol ou do luar. Marisol, você é a guardiã do Som e da Vibração, das frequências e das ondas sonoras. Você é essencial na união dos elementos e vamos precisar de você para que o portal seja aberto. Sua força Elemental é tão forte que é capaz de fortalecer todas as pessoas em um ambiente por meio da vibração. Precisamos de você para trazer a energia da luz no Portal da Primavera. Corram, estudem, energizem seus cristais e fortaleçam seus poderes, que a mãe terra e todos seus guardiões estejam com vocês.

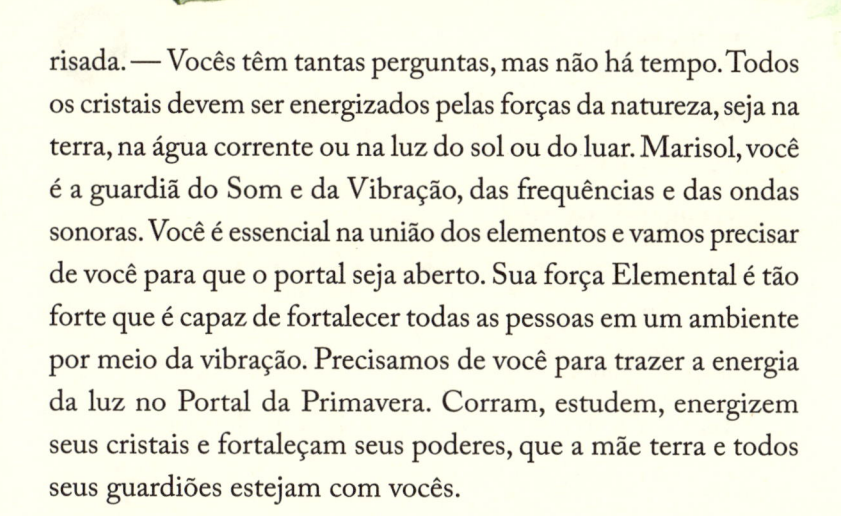

Logo as árvores começaram a balançar, era como se elas ouvissem e respondessem ao chamado de Ofélia, avó de Tereza e Guardiã da Terra.

Nós ficamos paradas, observando Dona Ofélia. Estávamos empolgadas com o que estava para acontecer. Faltavam poucos dias para o equinócio e, naquela tarde, Dona Ofélia nos ensinou a energizar nossos cristais, falou sobre as propriedades das plantas e dos óleos essenciais, sobre os ciclos da natureza e, no fim do dia, fez com que a pedra de Marisol voltasse a brilhar.

TERRA

ELEMENTAL: Lótus

IDADE: 17 anos

COR PREFERIDA: verde

SENTIMENTOS: intencionalidade e estruturação

SIGNO: Touro

CRISTAL: quartzo verde

MÚSICA: *Put Your Records On*, Corinne Bailey Rae

SÉRIE OU FILME: *The Witcher*

COMIDA PREFERIDA: risoto de abóbora

SONHO: escalar a montanha mais alta do mundo, fundar uma ONG que cuide do meio ambiente e que sua marca sustentável e vegana de skincare seja um sucesso.

DOM: fertilizar e multiplicar tudo o que toca.

ATRIBUTOS: tem acesso a tudo que equivale ao Elemento Terra, reino mineral e vegetal. Seu poder se estende aos Mistérios das Florestas.

SOMBRA/DESAFIO: quando desvitalizada, torna-se cristalizada em conceitos, ruminando pensamentos repetitivos e destrutivos. Seca a terra e sabota a prosperidade.

PODERES: controlar a terra e seus componentes e se comunicar telepaticamente com todos os tipos de animais e plantas.

ÓLEOS ESSENCIAIS (TEREZA): cedro

ÓLEOS ESSENCIAIS (LÓTUS): gálbano

TEREZA

METAMORFOSE

Enquanto não chegava o equinócio de primavera, ensaiamos todos os dias o ritual que nossas avós fizeram durante décadas na clareira secreta dos bosques de Allfair. Era um longo texto que repetíamos todos os dias e, assim, nossa amizade foi se fortalecendo. Além disso, treinávamos nossos poderes, descobrindo a força de cada um deles. Ariane adorava se exibir enquanto flutuava entre as árvores e controlava as correntes de ar. Ela ainda podia prever o futuro, assim como Verônica, que também nos deixava tontas correndo com sua supervelocidade. Já Fenny usava sua ousadia para domar as chamas do fogo e nos motivar e inspirar, enquanto Marisol aprendia a usar seu grito sônico incrivelmente potente. Tereza, além de controlar a força da terra, era capaz de se comunicar telepaticamente com animais e plantas — sensacional, não? Estelar usava sua magia para mover objetos e nos hipnotizar. Já eu aprendi, aos poucos, a controlar a força das águas e as emoções — minhas e dos outros.

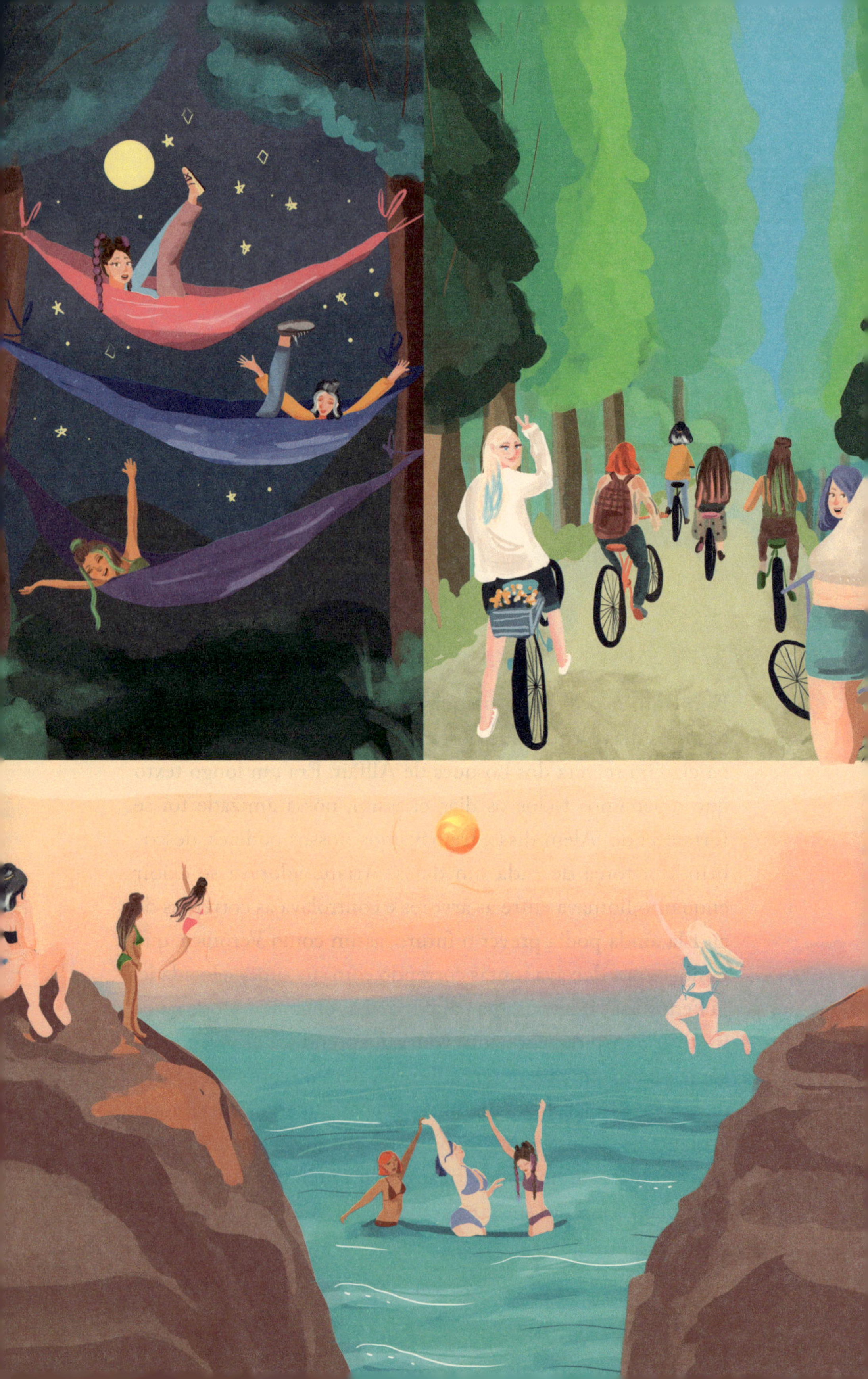

Era legal ver cada uma de nós descobrindo seus próprios poderes, mas havia algo que tornava tudo ainda mais especial: a conexão que fomos criando profundamente durante todo aquele período. Éramos mais que amigas ou Guardiãs, éramos irmãs, éramos como uma família, como sempre deveria ser. Isso era o que tornava tudo ainda mais mágico, tudo o que fomos construindo enquanto apoiávamos umas às outras e estávamos comprometidas a abrir esse portal de luz e equilíbrio para o nosso mundo que vive tão doente e longe de toda essa força feminina.

Foram dias maravilhosos que nos ajudaram a conhecer nossos poderes, compreender as diferenças, fortalecer a amizade e perceber que cada uma tem uma essência própria; mais do que isso, aceitar que nada realmente é por acaso.

Até que o dia do equinócio chegou....

Fazia tempo que eu não via Allfair tão colorida. Tudo estava decorado, era como o Halloween, mas ao contrário. Esse era o Festival da Primavera, que comemorava o início de uma nova fase para toda a cidade. Muitos turistas de todos os lugares enchiam as ruas para o grande evento.

Nossas avós se vestiam de Elementais — até então, a gente só achava que eram fantasias fofas usadas por velhas amigas, hahaha —, as crianças pulavam pelos cantos vestidas de fadas, duendes e elfos, e havia uma banda de música que tocava no restaurante da avó de Marisol.

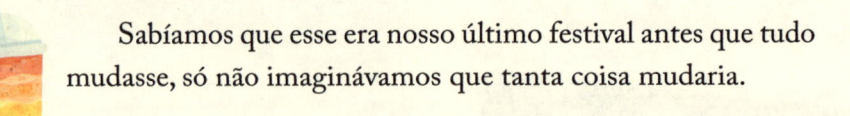

Sabíamos que esse era nosso último festival antes que tudo mudasse, só não imaginávamos que tanta coisa mudaria.

Fenny levou a gente até a barraquinha de cachorro-quente, que era o nosso vício no festival. — Minha avó disse que precisamos estar bem alimentadas para abrir o portal. — Fenny foi distribuindo cachorro-quente para cada uma de nós.

Peguei um da mão de Fenny e mordi imediatamente. Mas acabei queimando minha boca...

— Aiii, minha língua!!! — reclamei.

Festival da Primavera

— Não deu nem tempo de avisar que estava quente. — Fenny deu risada.

— Querem um ventinho aí? Hahaha. — Ariane falou. Todas nós estávamos adorando experimentar nossos poderes.

— Esse de salsicha vegana é muito bom! — Tereza emendou.

— Posso provar? — Estelar deu uma mordida no lanche de Tereza. — Hmmm, é muito bom, mesmo!

— Comam rápido, pois estamos atrasadas. — Verônica estava ansiosa. Todas nós estávamos, na verdade.

Então, três garotos surgiram caminhando em direção ao nosso grupo.

— Fernanda, olhe para o lado, mas disfarça — Estelar sussurrou, logo depois de me cutucar.

Virei o rosto repentinamente, sem conseguir disfarçar. Óbvio. Por que toda vez que alguém me pede para ser discreta, faço justamente o contrário?

Era o Léo. E não estava sozinho, estava com o Thiago e o JP. Léo era o ex-namorado de Marisol; Thiago morava na cidade e vivia provocando Fenny; e JP era o que fazia bullying com Ariane, junto com o Léo.

Fenny se colocou na frente do nosso grupo, irritada:

— Pode parar por aí!

— Nem cheguem perto da Marisol. — Tereza parou ao lado de Fenny.

— O que está fazendo aqui em Allfair, Léo?

— Vim ver você. Por que está me tratando assim?

— Porque você está namorando outra, lembra?

— Mas qual é o problema de nos cumprimentarmos? Suas amiguinhas não deixam?

— Já chega, Léo. — Estelar entrou na conversa.

— Não estou falando com você — retrucou ele.

— Não fala assim com a Estelar. Senão, sou capaz de... — defendeu Verônica.

— Vai fazer o quê? — disse Léo em tom de ironia, encarando Verônica.

— Léo, você é idiota ou o quê? — Estelar se aproximou de Léo, protegendo a amiga.

— O que você quer vindo aqui? — interrompeu Marisol, séria.

— Viajei duas horas de carro até esse fim de mundo, onde sua avó mora, para ver você e sou recebido assim?

— Como assim me ver? Você está namorando outra pessoa! Esses seus jogos não fazem bem para a minha cabeça. — Marisol ainda estava se recuperando do relacionamento tóxico que viveu, mas dava para ver em seu olhar que ela não ia voltar atrás.

— Eu errei. Mudei de ideia… Senti saudade!

— Saudade? Você sumiu, apareceu namorando outra e agora diz que mudou de ideia… Fique longe de mim, Léo. Para sempre!

— Ei, calma! Vamos conversar em outro lugar? Sou eu, lembra? Tenho certeza de que você não me esqueceu também… Acho que você só não está bem, mas quando perceber…

— Ela está mais do que bem. — Estelar interrompeu. Ninguém estava interessada em ouvir as desculpas dele.

Quando olhei para Marisol, ela estava séria, tomando coragem para fazer alguma coisa. E realmente fez: começou a falar para ele tudo o que estava engasgado em seu peito durante tanto tempo.

— Léo, tomara que algum dia a sua ficha caia e você perceba todos os seus erros. Não que eu queira que você se culpe ou se sinta mal, embora isso seja inevitável, mas para que essa verdade acabe com o castelo de cartas no qual você se esconde, prisioneiro de si mesmo e de seus desejos, baseados no seu egoísmo. — Conforme Marisol foi falando, ondas vibratórias começaram a se formar no ar em volta dela. Ela tomou um pouco de fôlego e continuou. — Você projeta suas inseguranças em garotas para que alimentem seu ego e, assim, rouba a energia delas, fingindo que você tem algum tipo de sentimento. Mas, na verdade, o único sentimento que tem é aquele que sente quando se olha no espelho, que é a incapacidade de exercer o ato mais nobre de um ser humano: amar o outro além de si mesmo.

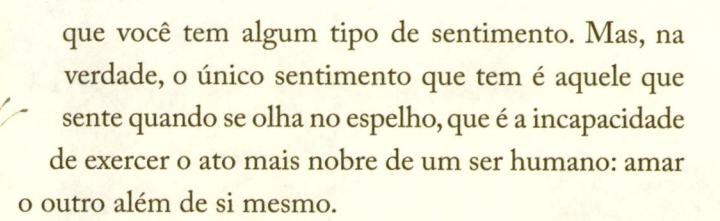

Os garotos ficaram paralisados, enquanto ela despejava tudo aquilo. Marisol conseguiu colocar para fora tudo o que a estava magoando, sem precisar alterar o tom de voz.

Foi inspirador assistir à força e à coragem de Marisol naquele momento. Estávamos orgulhosas dela. Marisol era como uma poesia, na qual sol e lua coexistiam. Ela compreendia além das palavras: era capaz de perceber a vibração, a intenção e a energia das pessoas, além daquilo que elas demonstram. Esse é um dos dons mais poderosos de uma Guardiã Sagrada.

Era hora de partir para o nosso ritual. Então, seguimos floresta adentro até a clareira secreta que a avó de Tereza havia indicado.

No meio, havia um altar feito de madeira, com sete espaços para que cada garota colocasse seu cristal. Uma a uma, fomos posicionando nossos cristais em seus devidos lugares. Por último, Estelar colocou o coração que guardava a luz da magia.

Sete raios de luz surgiram atrás de nós.

— O sol está se alinhando. Precisamos começar. — Estelar pegou o livro com o juramento das Guardiãs Elementais. Nós nos posicionamos, demos as mãos e começamos a entoar o texto juntas.

Óh, espírito da luz, nós entregamos a magia do nosso coração para que seja feito, entre nós 7, os 7 elementos, os 7 raios da luz e os 7 sentimentos:

Mágikah, a guardiã da magia da luz, que guia todas as outras por meio do coração.

Acquarya, a guardiã das águas e das emoções. Com seu grande poder de empatia, é capaz de curar os sentimentos mais profundos, unir mares, rios e canais com sua energia do elemento Água.

Velocy, a guardiã do tempo, a portadora da velocidade, a que vê o futuro por meio da consciência das decisões, a que vive entre o passado, o presente e o futuro.

Lótus, a guardiã da terra e sua estabilidade. Nada é mais forte do que ser quem você é.

Airly, a guardiã dos ventos. A que pode influenciar os ares, os pensamentos e os insights. Aquela que muda para o bem, traz leveza, é flutuante.

Flamme, a guardiã do fogo, portadora da fé, da inspiração que queima o medo e os limites impostos e autoimpostos.

Sonora, a guardiã do som e de toda a sua vibração. A portadora do equilíbrio e a detentora da chave que abre e fecha portais.

Que seja aberto agora o portal.

Da Luz

Da Magia.

Da Empatia.

Da Transformação.

Da Consciência.

Do Movimento.

Da Força.

A magia nos faz acreditar que podemos ser ouvidas e transformar cada pedacinho que o homem um dia pensou em destruir, na esperança que, no coração de cada uma de nós, brilhe a luz da nossa missão de se tornar uma Guardiã Elemental.

E foi naquele momento que o mundo deixou de ser o mesmo, pois as Guardiãs Elementais deixaram de ser uma lenda. Elas se tornaram reais dentro do seu coração.

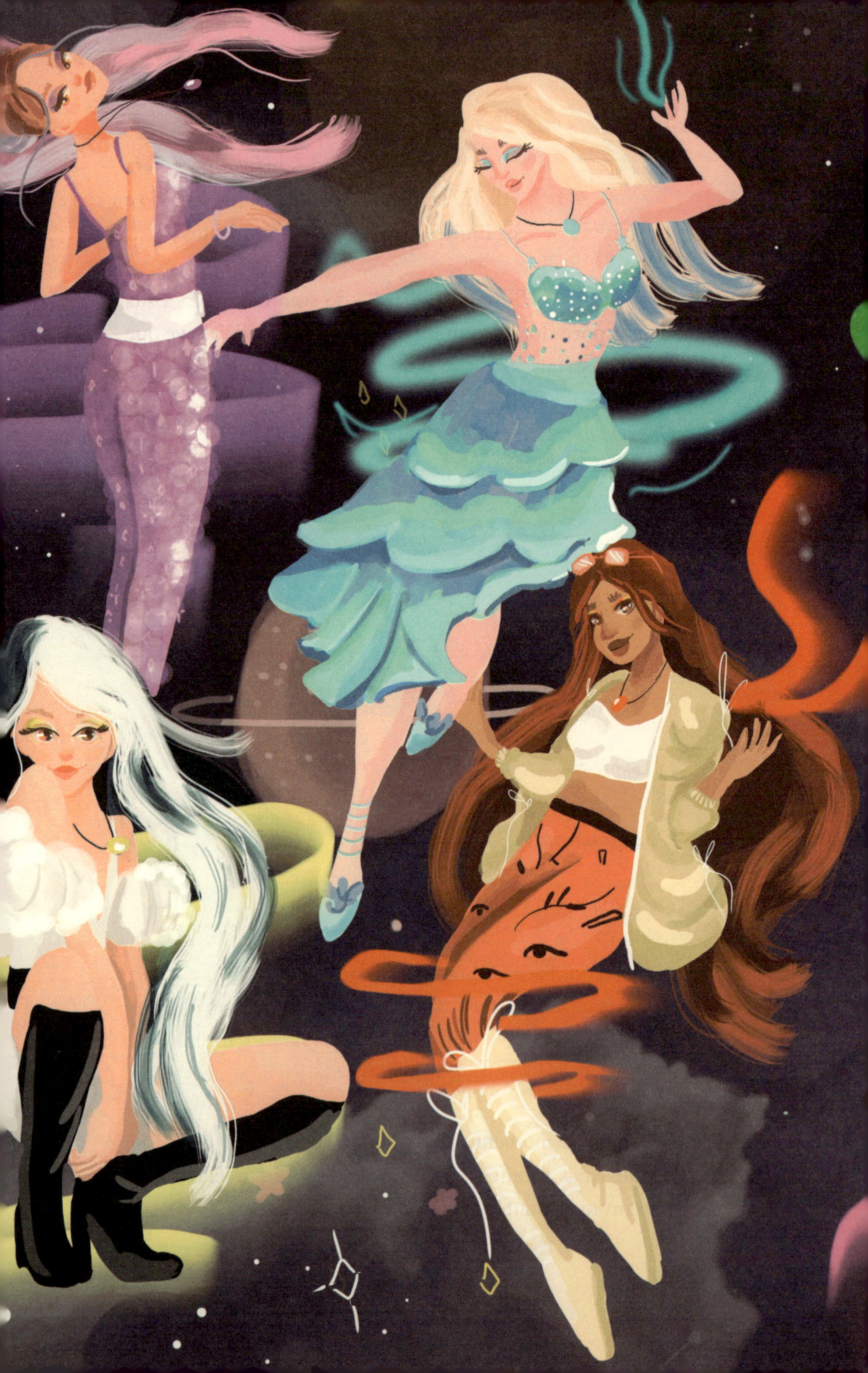

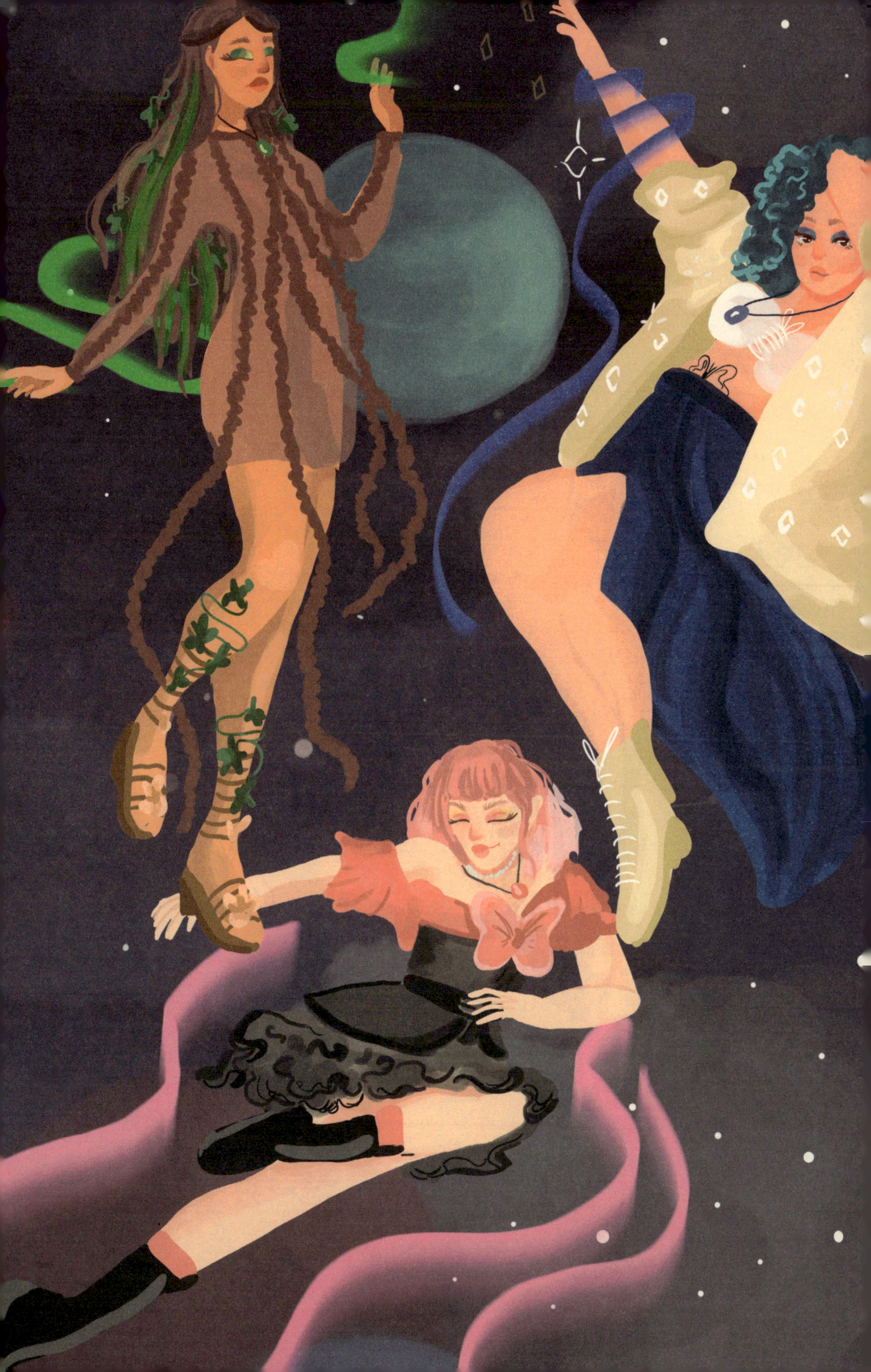

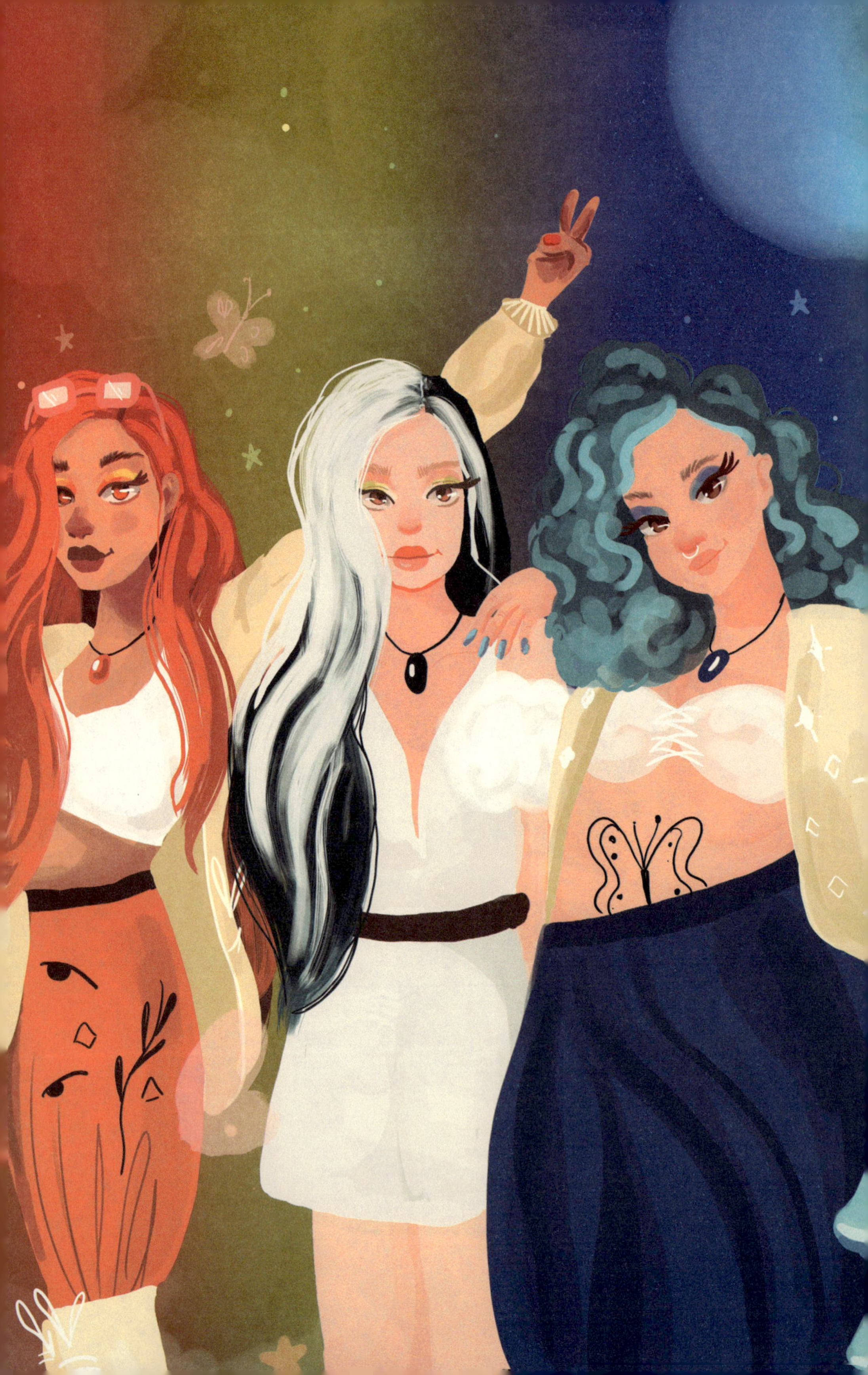

16

Acquarya é a Guardiã Elemental da Água, capaz de controlar toda sua fonte do ambiente. Também é capaz de perceber os sentimentos mais profundos de um ser vivo. Seus dons lhe deram uma extrema empatia que, alinhada ao propósito da Luz, faz com que compreenda cada vez mais a humanidade para ajudá-la em sua reconexão com a natureza.

A Guardiã da Água, Acquarya, veio dizer a você que tudo isso que está sentindo precisa ser posto para fora. Tudo o que está parado em sua vida precisa ser limpo. É necessário que a água entre em cada fissura, cada cantinho do seu ser. Você não precisa ter medo dessa limpeza, porque só a água é capaz de curar. É importante saber que assim que a Guardiã trazer à tona toda a dor que você sente, acontecerá uma forte conexão com sua empatia, e você vai conseguir assumir a sua força interior.

Acquarya

Airly é a Guardiã do elemento Ar. Conhecida por influenciar novos caminhos na história das Elementais e capaz de fazer modificações por meio dos ventos da mudança. Pode influenciar muita coisa com um simples pensamento, sabendo sempre onde deve estar em cada momento.

É aquela que muda, transforma, conecta e eleva. Se Airly chegou até aqui, é para dizer que está na hora de usar a sua intuição. A Guardiã do Ar veio para questionar, fazer você sair de sua zona de conforto. Por isso, pode ser que seja necessária uma grande mudança. Deixe os ventos te guiarem. Arrisque-se, mas com leveza, pois ela representa equilíbrio. Se as coisas estiverem pesadas demais, a Guardiã do Ar sinaliza que está na hora de mudar de direção. Não tenha medo, siga firme.

Airly

Mágikah é a Guardiã do Elemento Luz, aquela que pode canalizar a energia pura que vem do coração. Tem o dom da conexão por meio da pedra do coração. Por ser capaz de ver a luz, sempre saberá o melhor caminho para guiar **As Guardiãs Elementais**.

 A Guardiã da Magia é a guardiã do amor. Ela quer saber: é o sentimento de amor que está movendo você? Não tenha medo de usar sua intuição e até cometer loucuras. A magia não é apenas luz: ela também possui sombras e mistérios. Mágikah vai muito além disso. Ela é a guardiã que materializa. O quanto você está deixando o seu coração refletir em seus sonhos? Os sonhos não brotam apenas da mente, eles precisam ser sentidos, vividos no coração. Isso é mágica.

Mágikah

Flamme é a Guardiã do Elemento Fogo. É dona de uma grande força de vontade e capaz de gerar fogo pelas suas próprias mãos. É muito raro ver uma elemental desse elemento sentir medo.

A Guardiã do Fogo veio para dizer que há coisas no seu interior que precisam ser transmutadas e queimadas para que elas, finalmente, possam seguir seu curso. Você não precisa ter medo de renascer; seja como a fênix. Flamme, a Guardiã do Fogo, também é assim. Ela guarda toda a energia de transmutação. Pegue tudo aquilo que limita sua vida e que impede a expansão dos seus horizontes e queime. Não tenha medo do seu fogo, da sua chama interior.

Flamme

Velocy é a Guardiã da Velocidade e portadora do tempo. É uma das responsáveis por proteger a lenda das Guardiãs Elementais ao longo da história. É a mais conectada com tecnologia, inovação e conexão e que consegue realizar grandes feitos no estado máximo de sua força Elemental.

A Guardiã do Tempo diz para que você não tenha medo de olhar para o futuro, pois são as suas decisões de agora que vão gerar consequências. Ela vê o tempo de forma linear, porque tudo está acontecendo simultaneamente. Por isso, cada decisão que você toma altera sua realidade em todas as dimensões. Velocy pergunta: o que você está decidindo agora? Você está olhando para o tempo de forma linear ou seus sentimentos te impedem de enxergar para onde as coisas estão te levando?

Velocy

Sonora é a Elemental da Vibração e de todo Som. É capaz de abrir portais e a responsável por perpetuar **A Lenda das Guardiãs Elementais**, inspirando artistas e compositores a compartilharem a sua mensagem.

Sonora veio para alertar que você precisa de equilíbrio. Você está olhando para todos os vieses da situação ou só para aquilo que lhe convém? Esta guardiã protege os portais da luz e das sombras, não porque ela é boa ou má, mas, sim, porque ela sabe que a luz não existe sem a sombra, e a sombra não existe sem a luz. Além da luz e da sombra, existe uma visão que contempla o equilíbrio, com o qual tudo pode chegar a uma perfeita harmonia. Você está analisando todos os lados?

Sonora

Lótus é a Guardiã do Elemento Terra. É uma das Elementais mais poderosas, pois pode se conectar diretamente com o coração da natureza e, por ter essa conexão, tem um senso de coletividade muito grande e uma consciência expandida, dando base para todo o seu grupo.

Lótus é aquela que traz fortaleza e base sólida para a hora da tomada de decisões. E ela vem para questionar: de onde vêm as raízes dos seus desejos? Onde você vai fincar suas raízes? Você está construindo seus relacionamentos em qual tipo de solo? Você tem regado o que realmente importa? Não tenha medo de destruir e reconstruir seu jardim, não tenha medo de transformar sua dor em semente. Saiba que decisões plantadas em raízes verdadeiras são flores que emanam luz.

Lótus

CRÉDITOS DE AS GUARDIÃS ELEMENTAIS

DIREÇÃO: Erick Mafra
IDEIA ORIGINAL: Erick Mafra
CONCEITO ORIGINAL: Erick Mafra

GUARDIÃ DA PRODUÇÃO: Cláudia Braga @claudiabraga
GUARDIÃ DA DIREÇÃO DE ARTE: Gabi Lisboa @gabiliisboa

GUARDIÕES DO LOOK:
Style versão Guardiãs: Murilo Mahler @murilomahler
Style versão humanas: Natalia Carvalho @natcarvalho
Acervo: Dario Mittmann @dariomittmann.shop
Acervo: Pamella Ferrari @pamella
Acervo: Breshow Fantasias @breshowfantasias

GUARDIÕES DA ARTE E DESENHO:
Capa: Antônio Sandes @sandes @baiaostudio
Lettering e Joias: Carol Altoé @gentil_lembranca
Ilustrações: Marimi Mariana Milani @marimi.ilustra
Ilustrações conceito/criação: Alef Vernon @alefvernonart

GUARDIÕES DE FOTO E VÍDEO:
Captação e edição book trailer: Patty Lima @oipattylima
Captação e edição book trailer: Koba @koba
Direção de short vídeos: Jess Anjos @jessoficial
Short vídeos captação e edição: Shibuya @shibuyafx
Short vídeos efeitos especiais: Gabriel Beniites @gabrielbeniites
Fotos estúdio: Beatriz Person @beatrizpersonv
Fotos externas: Gabriel Galvani @gabrielggalvani

VÍDEOS: "A Casa das Guardiãs"
Giovanna Ohl @giovannaohl

GUARDIÕES DE MAKE & HAIR:
Color Make Brasil @colormakeoficial
Lua Tiomi @luatiomi_makeup
Marcos Leta @marco_leta
Perucaria Brazil – Noah @perucariabrazil
Tranças Tereza @trancados.ghm

LOCAÇÕES:
Vila Siriuba Ilhabela @vila.siriuba
Morumbi Town Shopping @morumbitownshopping

AGRADECIMENTOS: Natália Ortega; Aline Santos; Tereza Konva; Fabiana Marta; Karunya Hormann; Eddy Stefani; Brazil Foudation; Junior Amaro; Fafi Bündchen; Gisele Bündchen; Andréia Reis

REVISÃO: Erick Mafra; Igor Lino; Fabiana Marta

"A Deus, Jesus e todas forças da luz e seres mágicos que me ajudaram a canalizar essa ideia para o mundo".

Primeira edição (outubro/ 2021)
Papel pólen soft 70g
Tipografias Adobe Caslon e Cinzel
Gráfica LIS